高杉晋作

吉村康

上

本の泉社

目次

〔下巻〕目次

幕末長州藩の略図

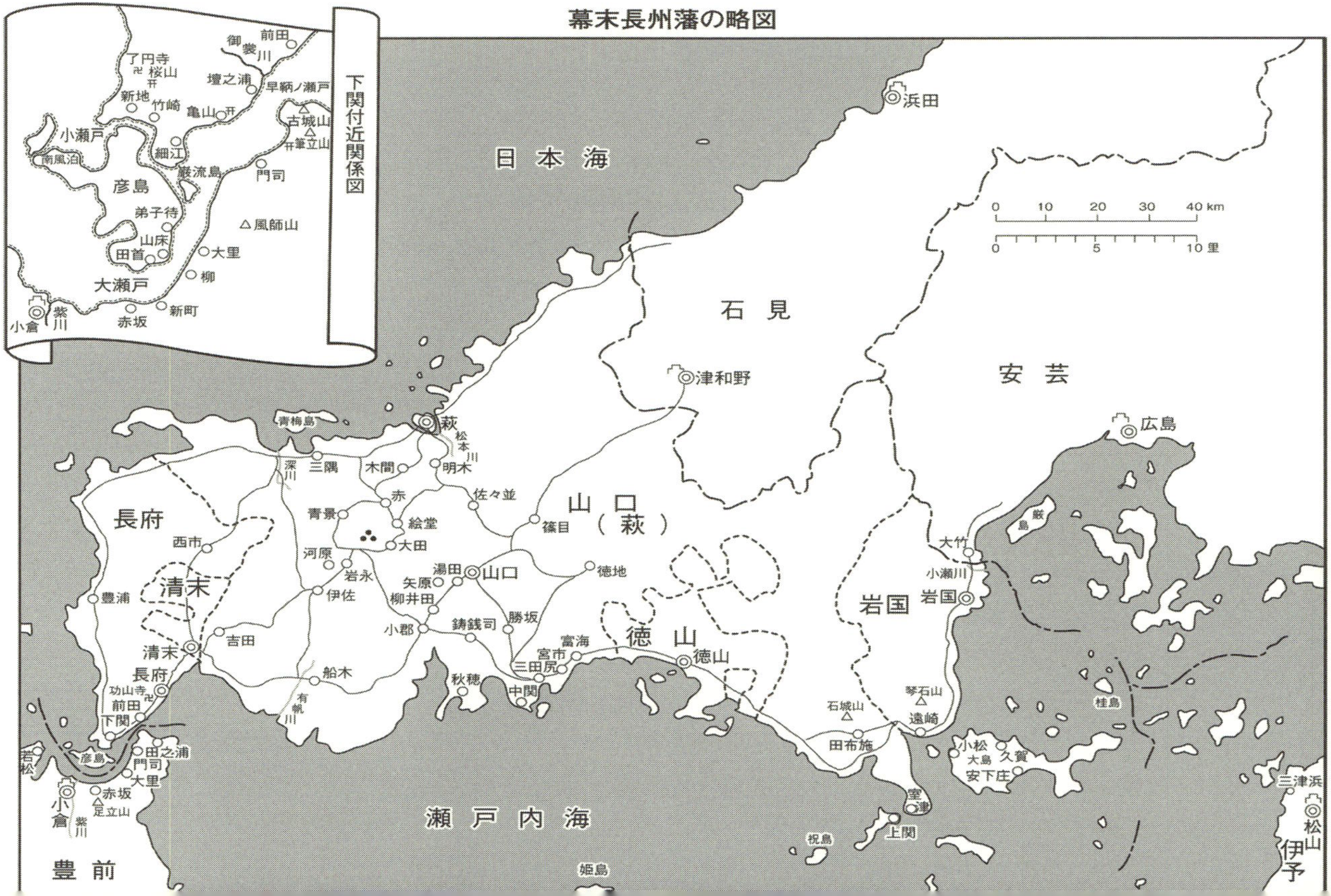
下関付近関係図
前田
御裳川
了円寺
桜山
壇之浦
早鞆ノ瀬戸
新地
竹崎
亀山
古城山
筆立山
小瀬戸
細江
南風泊
巌流島
門司
彦島
弟子待
風師山
山床
田首
大里
柳
大瀬戸
小倉
紫川
赤坂
新町
日本海
浜田
石見
安芸
津和野
広島
0 10 20 30 40 km
0 5 10 里
萩
青梅島
松本川
深川
三隅
木間
明木
赤
佐々並
山口
（萩）
長府
青景
絵堂
篠目
西市
大田
河原
湯田
山口
徳地
清末
岩永
矢原
豊浦
伊佐
柳井田
勝坂
小郡
鋳銭司
吉田
富海
徳山
徳山
清末
宮市
三田尻
長府
船木
秋穂
功山寺
中関
前田
有帆川
下関
彦島
田之浦
門司
大里
赤坂
足立山
小倉
紫川
若松
豊前
瀬戸内海
姫島
岩国
岩国
小瀬川
大竹
厳島
琴石山
石城山
遠崎
田布施
桂島
小松
大島
久賀
安下庄
室津
上関
祝島
三津浜
松山
伊予

カバー写真・藤田観龍／幕末長州藩略図・著者（田中彰『幕末の長州』その他より）

高杉晋作〔上〕

I　憂国の賦

1

高杉晋作は、土を蹴っていく馬蹄の音に目醒めた。

夏の朝ははやばやと明けはじめたらしく、雨戸を洩れる仄白い光に明かり障子のほそい桟が十文字に浮き立ち、遠くのほうで一番鶏が時をつくっていた。

耳を澄ますと、台所で小さな物音が続いている。母の道が、いつもより早い朝餉の準備をしているのだった。

「いよいよ、江戸へ出立するのじゃ」

そういってみて、まるで子供のように江戸行きに興奮している自分に気づき、晋作は苦笑した。だが、この日をどんなに待ったことか。なんといっても、天下の江戸で修業できるのだ。母が整えてくれた旅装束に身を固めた晋作は、長州藩政府からの辞令、稽古料などを懐中に納めると、脇差を腰に差した。そして、太刀を右手にしっかりと握り、父の部屋へ立っていった。

床の間を背にして坐っていた父の小忠太は、息子の姿を頭の上から足先までおもむろに眺めわたし、ゆっくりとうなずいてみせた。小作りな顔のまるい眼におだやかな光がたたえられていた。

「いよいよじゃな」

「はい、父上」

太刀を脇に置いて晋作が答えると、小忠太はいく度も目をしばたたいた。小忠太の端座している前には、朱塗りの膳がふたつしつらえられてあった。

「しばらくの訣れじゃ。朝餉を一緒にせぬか」

いくらかおもねるようにいって、小忠太は晋作と向かい合って箸をとった。膳の上には、小さいながら母の心づくしの鯛が新鮮な朱さを残したまま、威勢よく尻尾をはねあげている。塩の頃合にきいた鯛の身を、晋作は胸にこみあげてくるものをぐっと飲み込んでは口に運んだ。

小忠太は食事をしながら、撫肩であばたの細面のためにいかにも弱々しく見える晋作に、こまごまとした旅の注意を与えた。

その中に疫病の話が出たとき、小忠太の声はいくらかか細く聞こえた。晋作が天然痘にかかった頃のことを思い出したのかもしれない。いまは他界した祖母からいく度となく聞かされたことだが、ひどい熱が続き、疱瘡の症状があらわれたのは、晋作が九歳の年の暮れだった。十日以上も生死の境をさまよった彼がどうやら一命をとりとめることができたのは、同じ菊屋横丁に居を構えていた蘭方医兄弟の必死の診療の結果である。

〈女子《おなご》で無うて、救いじゃ……〉

晋作の耳に、祖母の声がかすかによみがえった。晋作を可愛がって育ててくれた祖母はそういったが、晋作には、〈あずき餅〉と綽名されて、歯ぎしりする想いで過ごした少年時代の苦い記憶がある。あばた面が〈あずき餅〉によく似ていたからだが、彼は顔のことは気にすまいと決めて、武道に打ち込んでいったのだった。

何度かの江戸往来の失敗談を話して聞かせてから、小忠太は話題を変えた。

「ところで、晋作。知ってのとおり、世情は騒然としておる。京も江戸も、さぞかし騒がしいことじゃろうが……」小忠太は、晋作を江戸へ出すことが不安でたまらぬといった口吻でいった。「よいな。勉学のために江戸へ行くのだということを決して忘れてはならぬ。たとえどのようなことがあろうと、政治向きのことにかかわりおうてはならぬぞ。吉田松陰を例に引くまでもなく、世の中はそんなに甘いものではない。殿のおそばに仕えておるわしにいわせれば、遊学などとのんきなことに金を使うている暇がないほど藩の台所は苦しいのじゃ。それを押して勉学させてやろうとなさる殿様に感謝せねばなるまいぞ。十八歳といえば、おまえも立派な大人じゃ。父のいうことは、むろんわかっていような」

小忠太はそういって、苦しげに口を結んだ。なにかといっては物議をかもす松陰から晋作を切り離すまたとない機会なのだが、自分の目の届かぬ江戸へ出す心配もまた大きいのだ。

「父上のご忠告、身に沁みてわかっております。ひとえに勉学に励んで参ります」

父の気持ちを察したふりをして、口のなかに苦いものを感じながら晋作が答えると、小忠太ははじめて微笑を返した。

「なにをするにも父さまの立場をようく考えて、軽々しい言動は慎むのですよ。道中、気をつけて行きなされや」母の道が、竹の皮の包みを差し出しながら言葉を添えた。

百五十石取りの、といってもこの頃の実収は半分以下だったが、大組の武士として、奥番頭役《おくばんがしら》という、藩主の座右に出入りできる唯一の重職にある小忠大に、迷惑をかけてはならぬ、というのだ。

上がり框《かまち》まで出てきた小忠太は、威厳をみせて腰に手を当て、

「きっと、殿様のお役に立つのじゃぞ」と、念を押すことを忘れなかった。

晋作はこっくりとうなずいてみせた。

まもなく彼は、家族や親戚、使用人などに見送られて菊屋横丁の生家をあとにした。夏とはいえ、外はまだ薄暗かった。

藩校である明倫館の角で、打裂《ぶっさき》羽織に縞の野袴をつけた斎藤栄蔵が待っていた。やがて、ふたりを同道してくれる山県半蔵がやってきて、三人は町人屋敷の続く掘割に沿った道を歩きはじめた。

安政五年七月二十日のことである。

荷箱を背負った商人や朝仕事に出かける農民の姿が、往来のあちらこちらに見かけられた。彼らは、晋作たちが近づいていくと、脇によけて道をあけた。六尺豊かな恰幅のよい体に錦の野袴をつけている山県半蔵の勇姿が、きわだって目に映ったにちがいない。

「高杉、折角の江戸行きだというのに、浮かぬ顔をしているな。さては、朝っぱらからお小言を頂戴してきたな」

肩ほどしかない五尺二寸の晋作を見おろして、山県半蔵はにやりと笑った。

「図星ですよ」

晋作がまともに答えたので、半蔵は濃い顎髭を撫であげ、声に出して笑った。

「はっはっは……、どこの親も同じことじゃ。お役目大切にと教えられ、小さなことにくよくよして、やりたいことはなにもできずに自分の一生を棒にふってしまう——いや、棒にふったということにすら気づかないのじゃ」

「それはそうだと思いますが……」

半蔵にはっきりいわれてみると、晋作は不意に、父を弁護したい気持ちに襲われた。自分ながら、不思議な感情だった。

「だが、困難だというのか」と、腹の底を見すかしたように、半蔵はいった。「しかし、もはや安穏でなにごともない時代ではない。今朝、京から早馬が着いたが、それによると、大老井伊掃部守《かもんのかみ》が、朝廷に無断で、日米修好通商条約、つまり安政条約に調印したということじゃ。ちっぽけな家のことなどふっきらねばならぬ時が来ておる。吉田うじを見るがよい。黒船がやってきて、外国事情を知る必要を痛感するや、国禁を犯してまでも亜墨利加《アメリカ》へ渡ろうとされた。わしらには及びもつかぬことだが、その純粋なまでのひたむきさ、炎のように燃やしつづける情熱には、ただただ感服するほかはない」

吉田松陰とはごく親しく、年格好も同じ二十八歳の男ざかりにある半蔵はそういって、なにがしかの決意を秘めた鋭いまなざしで、晋作を見つめた。

細い大屋川の渓流に沿ってつづく山口への道は、やがて険しい山道にさしかかった。つづら折りの石ころ道である。斎藤栄蔵が、ひとり先を歩いていた。

陽の高くなりはじめた白い往還には松の翳が黒々と落ちかかり、ひぐらしがせわしげに鳴きはじめた。山と山との狭間に、萩のまちが箱庭のように見渡せた。まちのむこう側には真っ青な海が遙かかなたまでひろがっている。そして、沖には、小さな島々が小船のように点在していた。

「ひと休みするか」汗を拭きながら山県半蔵がいった。「ここで、萩のまちの見納めじゃ。とくと見ておくがよいぞ」

道を覆うように立っている松の巨木の根に、数人の男女がおもいおもいの姿勢で腰を降ろしていた。人々が、涙松と呼びならわしている場所であった。

一息入れていた農民は三人と入れ替りに立ち上がると、天秤棒につけた野菜籠を担いで萩のまちへの急坂を降りていった。

萩は、松本川の河口にできたまちで、低い家々が、地面に這いつくばうように並んでいた。そして、左手の山にかくれるあたりに、日本海に突き出た指月《しづき》山の緑を背にして、平身低頭している家並とは対照的な白壁の五層の天守閣が、陽炎のなかにゆらゆらと揺れていた。

右に視線をめぐらせると、山襞に重なるように小畑富士の華麗な姿が立っている。その麓が松本村、松下村《しょうかそん》塾のある位置だった。

吉田松陰をはじめて見たのは三年前の秋だった、と晋作は思った。

密航に失敗した松陰が、江戸から唐丸駕籠に乗せられて萩の野山獄へ送還されてきた日、父の小忠太は諭すように、晋作にいった。

「人間は身のほどを知らねばならぬぞ。〈その位に在らざればその政《まつりごと》を謀らず〉と『論語』にもある」

松陰の行為を無謀なものとしてなじるようないい方であった。

だが、唐丸駕籠に乗せられていた松陰は、およそ罪人らしくなかった。痩せて頬骨は突き出ていたが、じっと前を見つめている目といい、きりっと結んだ口許といい、ひどいあばたの顔といい、どこか不思議な輝きをもっているようにさえ晋作には見えた。

まわりの大人たちの会話にも、松陰を許しているようなやさしいひびきが感じられた。軍学師範として藩でも重い位置にあった松陰への遠慮とともに、常人ではやることのできぬことをやってしまった男への羨望と尊敬の念がこめられていたにちがいなかった。

晋作は明倫館へ通っていたが、その授業は父に教えられることの延長のようで、どこかもの足りないものがあった。時代の動きに歯車のかみ合わぬ孔孟の机上講義――晋作は、胸のなかを冷たい風が吹きぬけていくような淋しさを感じることがあった。そして淋しさは徐々に胸が灼けるような苛立たしさに変わっていった。

「高杉。松陰先生のところへ来ないか」

同輩の久坂玄瑞《くさかげんずい》が晋作を誘ったのは、昨年の夏だった。玄瑞は口を開くたびに、塾の生きいきとした雰囲気を熱っぽく語った。

晋作の心は荒海に浮かぶ小舟のように激しく揺れ動いた。晋作は迷った。何日も何日も迷った。謹慎の身分のまま塾を開いている松陰のもとへ通うことを、たとえ勉学のためだといっても、父の小忠太は許しはしないだろう……

しかし、動き出したものへの憧れに似た想いとともに、一つ年下の玄瑞に負けられぬという気持ちが、晋作をかりたてて離さなかった。

彼は家族には内証で、とがめられるとうまい具合に理由をつけて松陰のもとへ通った。

松下村塾には、明倫館に入る資格のない足軽や中間《ちゅうげん》、町人といった家の子弟たちが大勢集まってきていた。斎藤栄蔵もそのうちのひとりであった。

村塾は物置小屋を改造した粗末な建物だったが、明倫館にはない、異常ともいえるほどの活気と明るさが漂っていた。

鎖国日本に迫りくる外国の開国要求をまえに、刻々と移りかわってゆく国内の政治をめぐって、松陰を中心に激しく論じあい、ときにはその議論がえんえんと深夜にまで及ぶのを見ていると、晋作には、松下村塾全体が建物もろとも炎となって燃え立っていくようにさえ思えた。

久坂玄瑞が江戸へ向かったのはこの春のことである。相前後して、松下村塾生たちは陸続と江戸や京へ出ていった。そして、ようやく晋作の番がまわってきたのだ。

たしかに順番がまわってきたことにちがいはなかったが、この塾生東遊には、晋作のあずかり知らぬところで熾烈な火花が散っていたのである。

『飛耳長目録』という帳面を備えつけて、諸国の動きをつぶさに書きつづっていた松陰は、塾生を遊学させて実地に学ばせるとともに、萩を動けぬ自分の目や耳にすることを考え、藩庁に願い出たのだった。松陰の希望は、まもなく、徐々に実権を握りつつあった重臣周布《すふ》政之助によって聞き届けられた。

だが、松陰が、幕府頼むに足らずと、直接朝廷を動かそうとして矢継早に藩主に送りつけてくる意見書を見るに及んで、周布は、危険な臭いを感じはじめた。こうと思えば国禁すら破る松陰である。門下生を使って、なにをしでかすかわかったものではない。ふと、彼の脳裡にひとつの方策がひらめいた。村塾の重立った人物を松陰から引き離すことだった。松陰の理解者である周布は、将来ある松陰のためを思うがゆえに、希望を受け入れたふりをして、実質的に松下村塾を解散してしまおうと考えたのだ。

それは、着実に実行された。

これまでほとんどの意見を採用してきた藩庁が、自分をやや遠ざけはじめたことを知った松陰は、やがて、東遊の裏にある周布の意図を見抜いた。だが、彼は素知らぬふりをして、門下生の旅立ちを見送ってきた。

玄瑞につづいて、いままた晋作が江戸へ発っていく。周布のもくろみを知っているだけに、松陰の胸にはとめどもなく悲しみが湧いたが、最も期待している村塾の双壁、玄瑞、晋作をはじめ、門下生が諸国で存分に立ち働いてくれる姿を想像して、松陰は自らを慰めた。

「高杉くん。きみまでが行ってしまうのだと思うと、わたしは淋しくて仕方がない」片方の手を懐に入れたまま、松陰は目をうるませていった。「……いや、つまらぬ愚痴をいってしまった。わたしのきみへの期待をここにしたためておいたから読んでくれたまえ」

松陰は、〈送高杉暢夫叙〉と表書した書状を晋作に手渡し、骨ばった手で晋作の手を握った。行間にこめた意味までも深く読みとってほしいという表情で。

　そして、最後にひとことつけ加えた。

「知行合一という言葉がある。どんな立派な考えも実践しなければなんの役にも立つまい。このこと、ゆめ忘れるでないぞ」


　晋作は松本村のあたりに目をやりながら、机に向かっている松陰の姿を思い浮かべた。懐から出した書状を眺めていると、右あがりの癖の強い文字の蔭から、松陰の精悍な風貌が生きいきと浮かびあがってきた。松下村塾に通った期間は一年にも充たないのに、四年も五年もの長い間のことのように、さまざまなことが想い出された。

　晋作は、半蔵に肩を叩かれてわれに返った。

「行くぞ」と半蔵がいった。

「ちょ、ちょっと待ってください」

　晋作は深く息を吸い込むと、満身の力を込めた声で叫び出した。

　　男児志を立てて、郷関を出ず
　　学若し成る無くんば、死すとも還らず……

2

山口から三田尻へ出て、富海《とのみ》の港から船に乗った。本州の西端に位置する長州から大坂へは、船で四、五日の旅だった。乗り込んだのは、日本海から上り荷を積んで下関に入り、瀬戸内海を大坂へ向かう北前船である。

船は三百石積みのそう大きくない和船で、四十歳位の船頭以下六人が乗り組んでいて、艫《とも》には〈神興丸〉と書いた幟が風に鳴っていた。

「たいした積み荷じゃのう」

山県半蔵は暑くてやりきれぬという顔つきで、強い魚の臭気に喘ぐように口を開けながら、舳先《へさき》に立っている船頭のところへ立っていった。

「なにを運んでおるのじゃ？」

「米と鰊《にしん》の〆粕《しめかす》でさァ」

潮と陽に赤銅色に灼かれた船頭の顔のなかで、白い歯だけが別の生き物のように動いた。

〆粕は、畿内、阿波方面の農村で作物の肥料に使われるものだ、と船頭は得意気に説明を加えた。

「これで、どれくらいの儲けになるのじゃ？」

半蔵が尋ねると、船頭は中央部にあたる胴の間のほうへ戻りながら、両手を広げてみせた。

「まあ、こういうとこかね」

「百両？」晋作が口を出すと、

「冗談じゃァねえですよ、旦那。百両じゃ、神興丸船頭八兵衛、水主《かこ》もろともおまんまの食い上げでさァ。それに、船主にしたところで、修理賃にもなりゃしませんぜ」

「千両！」そう口に出して、晋作は絶句した。

「まあ、相場がうまく合えばのことですがね、五百両が千五百両ぐらいになりまさァ。いかがです、旦那。やってみますか」

船頭の八兵衛は、晋作の肩を叩きながら、潮風に赤くはらした目を向けた。

「しかし、時化《しけ》に逢えャ、命なんてものァもろいもんでさァ」

凪とともに日が暮れかかると、船頭は若衆に酒の用意をさせた。舳先に点した提灯の燈色の火が、夕映えを映しとったように海のうえで明るさを増すと、急に夜が来た。

若衆たちは、晋作の耳にしたこともない唄をうたい、陽気に踊っては、交替で舵をとった。

「旦那」

若衆が持場へ帰ってから、八兵衛が静かな口をきいた。半蔵が酔いのまわりはじめた口調で受け答えしているのを、晋作は積荷にもたれて、ぼんやりと聞いていた。太りじしの栄蔵は、晋作の横でいびきをかいて寝入っている。

「あっしにゃ、政治向きのこたァ、たまっきりわからねえんですが、お上の箱館奉行様はこうおっしゃるんで。北海の物産は、江戸、大坂、兵庫、敦賀と……、まァ、きめられた港の会所、支所のほか、積荷を降ろしちゃならねえと。いや、気に障ったらご免なさいよ」

「ほう、お上がのう」

「そ、そうなんですよ。まァ、お上とすりゃあ、船賃がとこは稼がせてやろうというあったけえ思し召しかもしれねえが、考えてみりゃあ、ひでェもんでさァ。お上のお達しを守ってた日にゃ、船方は立ってゆかねえ。蔭じゃ、みんなそういってまさあ」

晋作は眠ったふりをして、八兵衛の話を聞いていた。三年前に幕府が蝦夷《えぞ》地を直轄にしたということを聞いてはいたが、それがなにを意味していたか、ひとつの答えを八兵衛の口から得たように思った。要するに幕府は、長崎貿易と同じやり方で、北海の物産に伴う利益を手中に納めようとしていたのだ。

「大抵は、だから、阿波や瀬戸内の港に入って、ヤミで荷降ろしをしまさあ。こちとらは命を張って荒海を渡ってんですから」

「というと、八兵衛どのもか？」

「まあ、旦那。固いことはいわずに一杯飲みなよ」

そういって、八兵衛は大きな口を開けて笑った。提灯の光を受けて笑っている八兵衛の顔がいかにも明るく、晋作の目には映った。なんと自然な、なんと陽気な笑いだろう。そのとき、ふっと父の小忠大の遠慮したような、笑いを半分で止めたような顔が八兵衛の笑顔に重なり、見る間に夜空のかなたへ遠ざかっていった。

それにしても、八兵衛のあの明るさはなんだろう、と晋作は思った。

幕府をものとも思わぬ力強さか——いや、そうではあるまい。そんな傲慢さは八兵衛のどこにもない。むしろ、命を荒海の波濤のなかに投げ出して力の限り闘い、幕府の監視の目を巧みにすり抜けながら必死に生きている男の、捨て身の明るさではないだろうか。

あくる日の午後、大坂のまちが見え出したころ、船頭の八兵衛は三人の坐っているところへやってきて、名残り惜しそうに自分の身の上を語った。

「若衆や雑役《かしき》たちの親元は貧乏な漁師か水呑よ。白いおまんまなんざ、食うこともねェ。あっしも漁師の伜で、いまも年何十両かの稼ぎだァな。十三の歳に船に乗ったんだが、いまだにこの始末だ。船主に使われたまんま、一艘の船も持てねェ……」

そんな話を聞きながら、神崎の港に着いたのはもう日暮れ時だった。訣れ際に半蔵が礼を渡すと、八兵衛は、縁があったら加賀藩邸のそばにある商家西村屋を訪ねてくれるようにといった。

「仏の八兵衛といっとくんなさいよ」

粗野ながらどことなく魅力のある男だった。おそらく、二度と逢うことはないであろうが、楽しい船旅だった、と晋作は思った。

3

大坂の長州藩邸で一泊した三人は、炎天の東海道を急ぎ足で江戸へ向かった。険しい山路のつづく箱根の関所を越え、小田原の城下へ入ったのは八月の中旬である。

旅籠へつくと、娘が名物の外郎《ういろう》を運んできた。腹をすかせていた晋作は、すぐさま口に放り込んだ。

「旦那さんがた、江戸へ……？」茶を淹れながら、娘はいった。

「そうだが……」

敷居際に坐っていた栄蔵が訝しげに顔を上げると、娘は顔を曇らせた。

「お気をつけなさいませ。疫病が流行《はや》っているそうでございますよ」

「疫病って？」

「コロリとかいって、とても高い熱が出て、たいてい絶命するそうです」

「コロリか。山県どの、江戸へ入るのは、わし、見合わせますじゃ」

〈天保銭〉という綽名をもらっている栄蔵が、顔をしかめていった。頭は決して悪くはないのだが、栄蔵は並はずれて臆病なたちだった。天保銭は、幕府が悪鋳に悪鋳をくりかえしたために、世間では額面どおり通用しないのだが、彼はこの悪名高い〈天保銭〉を綽名にいただいていたのだ。

「よし、貴様はここに残れ」外郎をつまみながら半蔵がいった。「しかし、そのうちに小田原へも広がってくるぞ」

「そ、そんな……」

栄蔵はいかにも恐ろしそうな顔をした。

「心配せずについて来い。だが、注意するにこしたことはない。まず、生水は絶対に飲まぬことじゃ」

半蔵は晋作たちがうなずくのをたしかめながらいった。髭面の顔がこころなしか青く、真剣なまなざしだった。


宿の娘のいったコレラがどの程度の規模で江戸のまちにひろがっているのか、二日後、品川にさしかかった晋作たちははっきりと知らされた。大抵のことには驚かない山県半蔵までが、あまりの凄まじさに絶句した。

まちは、真っ昼間だというのに人通りは殆どなく、医箱を提げて急ぎ足に走りまわる総髪姿の医者や棺を担いだ葬列にいく度となく出逢った。寺からは、茶毘《だび》の煙が夏の空に立ちのぼり、あたり一面には鼻をつまみたくなるほどの異臭がただよっていた。

「この病も、天然痘と同じく漢方では如何ともしがたいそうじゃ」深い溜息をついて、半蔵がぽつりといった。

　通りすがりの寺の門から中を覗くと、袈裟をつけた数人の僧が、山と積まれた棺に火をつけながらしきりに念仏を唱えていた。木のはじける音に混じって、肉の灼ける音が異様な強さで晋作の耳を打った。どこか他国の出来事を夢に見ているような空漠とした想いが湧いた。それは、まぎれもなく一枚の地獄図絵であった。外からは墨夷が迫り、内には疫病が猛威をふるっている。これも、蘭学が夷狄の学問であり、日本を彼らの支配下におとしめようとするものであるとの理由から、蘭学者を蛮社の獄で葬り去った公儀の罪に帰せられるべきことではないだろうか。天然痘にかかりながら命が助かったのは蘭学のお蔭だ、と祖母の口からなんども聞かされていた晋作は、幼心に、蘭学を学びたいと思ったものだった。

　晋作は、煙が立ちのぼり続ける寺院から目をそむけ、あばたの残っているざらざらした頬を撫でた。

　街道に面した商家も殆んどが店を閉めていた。

　まったくひどいときに江戸へ出てきたものだ――そう思いながら、晋作は死んだようなまちを走り抜けた。

　三人は途中、休みもせずに桜田の藩邸へ駈け込んだ。舌が灼けるほど熱い茶を一服飲むと、ほっとして気持ちが和んだ。

「小者《こもの》の新吉と申します。道中お疲れでございましたでしょう」十三、四歳の新吉という少年は、浅黒い額の汗を拭いながら江戸のことを話した。「疫病ですでに一万数千人もの死者が出ているそうです。今年は雨が多かったせいでございましょうか。……では、ごゆっくりなさいませ」

そういって立ちあがりかけた新吉に、晋作はあわてて尋ねた。

「ああ、久坂はここにいるのか？」

「お逢いにならなかったのでございますか？」

「というと……？」

「いや、久坂さまは京に居られるはずですが」

「京に！」晋作は思わず頓狂な声を立てた。

「先月のはじめでしたか、こちらを発たれました」と、新吉はいかにも気の毒そうに晋作を見て、申し訳するようにつけ加えた。「しかし、江戸留守居役から、江戸に帰るようにとの藩命が後を追うように伝えられましたから、もうすぐ帰られるはずでございます」

「そうか」

晋作は気落ちした声で答えた。やっとのことで辿り着いた江戸に久坂玄瑞がいないと思うと、晋作は不意に片足の自由がきかなくなったような不安とも苛立ちともつかぬ想いにとらえられた。

「元気を出せ、高杉。相棒はすぐに帰ってくるさ。はっはっは……」

冷やかすようにいって半蔵たちが出ていくと、晋作はごろりと大の字になってうたたねした。両親のこと、京にいるという玄瑞のことや体中が赤銅色に輝いていた船頭の仏の八兵衛、それに街道のさまざまな風景が浮かんでは消え、消えては浮かんだ。

〈……よいか、決して政治向きのことにかかわりおうてはならぬぞ〉

久坂玄瑞の少年のように丸い顔に重なって、どこからともなく父の小忠太の顔が浮かんできて、晋作ははっとして目醒めた。よく見ると、障子のところに人影があった。先程の小者の新吉が、夕餉の準備ができたことを伝えにきたのだった。

開け放たれた廊下の窓から、薄墨色の西北の空に、変に明るく光っているものが見えた。それは、星というには異様に明るく、光芒は尾を長く曳きながら北の方角へ靡いていた。

晋作が珍しそうに眺めていると、

「ああ箒星でございます。彗星ともいうそうです。はじめは天変地異がおきる前兆だというので大騒ぎでしたが、毎夜のことですからみんな慣れてしまいました。でも、なにか不吉な星でございますね。奇妙に血の色をしています」背後から新吉がいった。

4

白くぎらぎらした陽ざしが日に日に弱まり、江戸のまちには、秋の訪れを思わせる涼しい風が吹きはじめていた。

斎藤栄蔵は安井息軒の塾へ、晋作は、江戸橋町にある大橋訥庵《とつあん》の忠誠塾へ入っていた。

月が九月に変わってまもなく、晋作は、江戸番手として藩邸勤めをしている桂小五郎を訪ねた。

「桂どの、江戸も来てみれば大したことがありませぬのう」晋作は開口一番そういった。

小五郎は二十五歳の落着きをみせて、じっと晋作の意見を聞いていたが、内心面白いやつだな、と思った。萩では乱暴者という評判で通っていると聞いていたが、単純に乱暴といってしまえない何かが晋作にはあるという気がしたのだ。百五十石どりの大組士、桂家の養子になった小五郎が、剣術修業のために江戸へ出てきてから六年あまりになる。彼は、有名な斎藤弥九郎道場に入り、半年でその塾頭になった。小五郎はさらに洋式兵術を学び、造船術や蘭学も学んできた。まだまだ学ばねばならぬことが江戸ではいくらでもあるというのに、晋作は江戸になど用がないというような顔をしている。

「どこが気に入らぬ。貴公が師事している大橋訥庵どのは、江戸でも著名な儒者だが……」

小五郎はかすかに微笑みながら顔を上げた。普通なら、その生意気さは怒鳴りつけねば気がすまぬところだが、晋作を見ているとそういう気にならないのが不思議だった。吉田松陰から、晋作の相談相手になってやってほしいと依頼されているからということもあったが、それだけではない。ひどいあばた面に切れ長についている目にはおだやかだが、きらっとした真剣そのものの光が宿っている。

「水戸藩に少しは期待していましたが、大橋塾へ来るやつらはみんな駄目です。条約が結ばれたら切支丹が邪教をひろめて、結局はわが国の富をみんな持ち去るだろうといったことを飽きもせずに喋っておるのです。では、外夷はどうして打ち払うかといえば、開港地を襲撃するだの、彼らが押しよせてくれば決死の覚悟であたればよい、といった類です。要するに、外夷をあまりにも小さく見、ことの本質を把えておりませぬ。夷人の一人や二人を斬ったところで、一体何の役に立つのですか、桂どの」

「少なくとも、士気を鼓舞するには役立つと思うが……」

「その結果、大切なことが忘れられることだってあります。いまの水戸はそのよい例です。やがて、彼らは、自らのつくった陥穽に落ち込み、身動きならなくなるでしょう……」

握り拳をつくって語る晋作の熱のこもった話に耳を傾けながら、頑固なやつだな、と小五郎は思った。

「しかし、高杉。水戸は駄目だといってみたところでどうなるのじゃ。わたしも貴公の意見に反対ではないが、結論を急いではいかん」

すると、不機嫌に黙り込んだ晋作は、急に話題を変えた。彼は、日本を外夷の思うままにさせないために、富国強兵の策をとり、外国とすすんで交易する必要性をとうとうと喋ったのだ。開国論である。

その大部分は吉田松陰の受け売りのようなものだったし、具体性のない、頭のなかだけで組み立てた骨と筋ばかりの理論であることはすぐにわかったが、自分を相手に堂々とぶつかってくる後輩に、頼もしさを感じたことも確かだった。

条約の締結は、国威確立後に行なうべきだ――とも晋作はいった。それも、松陰のいったことだった。

話が切れたところで、小五郎は晋作の前に盃を置き、あふれるほど酒を注いだ。

「あとになってしまったが、乾盃だ。まずは、日本のために……」

「でっかくゆきますね。では、わしは長州のために……」

ふたりは盃を捧げもって明るく笑った。

「ところで、桂どの」足を崩しながら晋作がいった。「今日、江戸城を出立する長い行列を見ましたが、あれは……？」

「老中《ろうじゅう》間部《まなべ》詮勝《あきかつ》が、違勅調印の経緯を朝廷に説明するために、井伊大老の命を受けて京へのぼったのだ。十日ばかり前に、朝廷が水戸藩や弊藩に密かに詔勅を下された。幕府が叡慮にそむいたうえ、諸藩に相談もせずに条約の調印を行なったために、国内は乱れに乱れているが、すみやかに国内を整え、外夷のはずかしめを受けぬようにせよ、というものだ。さて、どういうことになるか」小五郎は口を一文字に結んで腕組みした。

先輩の困ったような表情を見ながら、晋作は、朝廷から大名に直接密勅が伝えられたというこれまで聞いたこともない異例の事態を、どう理解してよいものかわからず、う、うふん――と軽く咳払いをした。

そうだ、すぐに松陰に知らせなければ――と晋作は思った。

5

冬が近づくにつれて、江戸のまちにはひんぴんと火事が起きた。いったん火が出ると、炎は北西の季節風にあおられて風下の町々に燃えひろがり、ときには二、三千戸の家々を焼きつくす。十一月の中旬、丑《うし》の刻に神田の町家から出た火は、東神田、お玉ケ池周辺、馬喰町から小伝馬町牢屋敷、それに日本橋の一部までをもなめつくし、翌真夜中までのまる一昼夜、町数にして二百数十町を焼きつくす大火となった。

その夜、晋作は奇妙な男に逢った。

夕方になって、彼は斎藤道場へ出かけていった。練習は早く終わったのだが、友人に誘われて九段から市ケ谷まで歩き、小料理屋で飲んだ。

「嫌ねェ。また火事らしいわ」

女将が顔をしかめた。二階の窓から覗くと、城の向こう側の夜空が真っ赤に染まっていた。

遠くで聞こえていた半鐘が近くでも鳴りはじめた。

それから一刻ばかり後だった。晋作は、階下が変に騒がしいことに気づいた。続けざまに何かのぶつかりあう音がした。

足音をしのばせて降りていくと、女将が垢光りしたような薄汚いなりの男ととっ組み合いをしている。床几がひっくり返り、銚子や猪口が飛び散っていた。

「高杉さん……」と恐怖におののいた、それでいて静かな声で女将がいった。

「う、動くな！」瘦せて頰骨を突き出している三十位の男は、晋作の姿をみとめると女将を戸口のほうへ引っ張っていき、首に手をまわした。「動いてみろ。こ、この女を殺すぜ！」

「まァ、手をゆるめろ」晋作は足を踏み出しながらいった。

「よ、寄るな！」

「なるほど。この火事で小伝馬町の切り放しがあったのだな」

「つべこべいわずに着物と銭を出しな！　命知らずの鬼熊といやァ、牢内でもちィとは通った名前よ。それを承知で斬るのなら、斬ってもいいんだぜ」男は不敵な笑いを浮かべた。「おい、お若ェの、早くしねェと、女の命がねえぜ！」

斬ろうと思えば斬れないことはなかったが、晋作は懐から小銭入れを出して男の前へ放るとするすると着物を脱いだ。

男はそれを手にするとあわてて逃げ出そうとした。

「逃げたいのなら、しばらく待て！」晋作は鬼熊と名乗った男の背にいった。「別に貴様を摑まえるつもりはないわ。三日間の切り放しののち牢へ戻れば罪一等を減じられ、そのまま脱獄すれば死罪――どちらを選ぶかは貴様の決めることじゃ」

「……」

「まもなく、焼け出された町人たちが群れをなして逃げて来よう。死を覚悟のうえ、なお逃げるというのなら、その町人衆に紛れ込むがよいわ……」

はじめ猜疑の目で晋作を見ていた鬼熊は、晋作の言葉でやや落着きをとり戻した。

「……もともとは阿波の百姓よ。代官のむごいやり口で食うものはおろか田畑までも奪《と》られ、渡世人となったまではよいが、その悪代官を殺したがもとで、こうして江戸送りよ、……いずれは命は無えが、同じ殺《や》られるのなら、女房、子供を一目見たうえで、貴様らには真似のできぬ大往生をとげようってわけよ」

鬼熊は不貞腐れて毒づいた。顎から頬にかけての刀傷が、行灯の光に不気味な翳をつくっていた。やがて小半刻ばかりのち、晋作の与えた着物に着替えた鬼熊は、避難する人群れめがけて、暗いまちへ飛び出していった。

あれから、もう半月あまりの月日が過ぎている。果たして無事に郷里に帰りついただろうか、それとも途中で捕《つかま》えられたのだろうか。あの鬼熊のことが、晋作には妙に気になった。

晋作たちが、桜田にある上屋敷西長屋のさむざむとした一室に火鉢を囲んだ夜も、遠くで半鐘が鳴っていた。毎夜のように打ち鳴らされる半鐘の音が、このところ晋作の苛立たしさに輪をかけていた。水戸の連中の顔を見るのも嫌になって大橋訥庵の塾を飛び出したものの、いま通っている幕府の昌平黌も、大して魅力のあるところではなかった。こんなことなら江戸へなど来るのではなかった。むしろ、萩の松陰のもとで学んだほうが余程よかった、とも思えるのだった。塾生たちが京へ、江戸へと去っていくと自分だけが取り残されてしまいそうな不安にかられた自分が愚かだった、と晋作は悔んだ。そして、後悔とともに晋作を苛立たせているもう一つの原因は、京都の情勢の激変だった。

老中間部詮勝が京へ向かったのは、違勅調印の経緯を朝廷に説明するためではなかったのだ。さきに、無断調印を面責した水戸藩主、越前藩主らに隠居慎《つつしみ》等の強硬な手段で臨んだ井伊大老《たいろう》の腹のうちはすでに決まっていた。朝廷に巣食い、開国に反対している儒者や志士たちを徹底的に叩くことであった。幼少の将軍に代わって幕府の実権を握った井伊直弼《なおすけ》にとっては、彼らは危機の急迫している日本を惑乱のなかにおとしめ、幕府の権力を弱める以外のなにものでもなかった。

「いま鉄槌を振り下ろしておけば、青くさい公家どもも少しはおとなしくなるというものじゃ」

京へ出立する間部に、彼はいった。

やがて、井伊大老の意図は、着実に実行に移された。儒者梅田雲浜《うんぴん》の捕縛を皮切りに、尊王攘夷派や水戸派の人たち五十余人が逮捕され、江戸でも、越前藩の橋本左内などが召し捕られた。

安政の大獄である。

耳に入ってくることは不愉快なことばかりだった。晋作は腹を立てた。が、相手が巨大すぎて、腹を立てれば立てるだけ、心を乱すのは自分なのだ。

松陰の期待にそむかぬように、天下の江戸で立派に修業を積む——萩を出るときに抱いていた決意が砂の塔のように崩れてゆくのを感じながら、彼は、京から追われて江戸へ、そして国元へと散っていく人々の姿を想い描いた。

それは、冬を迎えた季節に似ていた。色あせた風景が、目のまえにひろがっているばかりなのだ。

「わしには、わからぬ……」と、医者の修業をしている三十過ぎの飯田正伯がいった。

松陰から届けられた書状を中心に、みんなは車座になって坐っていた。江戸にいる晋作たちに、松陰はとてつもなく重大な要請をしてきたのだ——白昼堂々とクーホール砲三門、百目玉筒五門を引いて京へのぼり、大獄の先兵をつとめている老中間部詮勝を要撃することにしたから、諸君も力を貸してほしいというのである。

目の前にひろげられているそれは、なんの変哲もない一通の書状に過ぎなかったが、手を触れれば爆発しそうな恐れさえ抱かせるほどずっしりとした重みがあった。幕府の高官を襲う――事があまりにも重大すぎて、誰も口を開く者がなかった。

こんなときに桂小五郎がいてくれたら、と晋作は思った。あの日、さて、どういうことになるか、と言外に表明した情勢への危惧とともに、終始静かに端座していた小五郎の姿がなつかしく偲ばれた。だが、小五郎は江戸大火の直前、国元へ向けて出発してしまっていた。

「待てよ」と、誰にともなくつぶやいて、晋作は目を瞑った。

……叡慮に背いて安政条約に調印したうえ、反対する志士たちを片っ端から捕らえている幕府への憤懣やるかたない先生の気持ちは、むろん理解できるし、可能ならば、わしとてなんらかの警鐘を打ち鳴らしてやりたい、と晋作は思った。しかし、現実は、徳川御三家のひとつである水戸藩や親藩越前藩ですら、手も足も出せぬありさまなのだ。朝廷を足蹴にし、統一の必要な時に国論を二分してしまった井伊幕閣に激怒されるのはわかりすぎるほどわかるのだが、いま決起すればそれこそ幕府の思う壺へはまり込み、一網打尽にされてしまうのが落ちである。……僻隅の萩に居られる先生には、この弾圧の激しさがわかっていないのではないだろうか。そうだ、そうにちがいあるまい。政治の中心地から遙かに離れている先生にくらべて、わしらは曲がりなりにも江戸に住み、世の中とつながっているのだ。もし、先生が江戸に居られたとしたら、それでも、間部要撃策を口にされるだろうか――否、だと晋作は思った。

やがて彼は、頭を垂れて考え込んでいる同僚にいった。

「こんな時に頭を出せば、ひねりつぶされるのが落ちじゃ。だが、ひねりつぶされるのが先生の本意ではあるまい」

「むろんじゃ」と、久坂玄瑞がやや斜視の目に困惑の色を見せていった。「先生にしてみれば、命に代えてもこの情勢を転換しなければならぬと考えられたにちがいあるまい。朝廷へは忠節、幕府へは信義、祖先には孝道——というわが藩是から見ても、幕府の非を訴えねばならぬ。水戸や薩摩の浪士たちが井伊大老の暗殺を企てていることは、帰国した山県半蔵どのからも伝えられているはず。このような計画を耳にした先生は、それでは長州は、とおそらくこの策を思いつかれたのじゃ。無謀は無謀じゃが、かといって、無下に断るわけにもいくまい」

「では、やるんですか？」若い尾寺新之丞が興奮した口調でいった。

「いや、久坂。わしは断るべきじゃと思う」

「えっ？」と、驚いた顔で、玄瑞は晋作を見た。

「先生の夢、つまりわれら松下村塾の夢は、国威を蓄えて、日本を海外に雄飛させることじゃ。一時の激情にかられて、猪突猛進してなにが残る。残るのは死骸だけではないか。いまはじっと耐え忍び、嵐に吹かれるごとに強く根を張っていく樹々のように力を蓄えることこそが、先生の考えを生かす道じゃ。そうではないか、久坂」

「しかし、高杉。黙っていては先生の義が許さぬ」

「かもしれぬ。だが、決起して義――つまり叡慮に違背した幕府の非を訴えたところで、いったい誰が起つのじゃ。誰も起たぬわ」晋作は鋭くきり返した。「政治は義だけではどうにもならぬことが、この大獄ではっきりしたではないか。政治を動かすのは理屈ではない、力じゃ。決起するには、決起するだけの力と見通しをもっていなくてはなるまい」

「ふうむ」と玄瑞は唸った。

「むろん、先生の妹の文《ふみ》どのを娶っているおぬしが、内心どういう気持ちでいるか、その苦しさはわしとて理解しているつもりじゃ」

「それと、これとは関係がなかろう」

「いや、待て」と晋作はおだやかに制した。「関係がないことはない。おぬしがこの策に賛同すれば、先生は大抵の障害をとりのぞいて起たれる。わしにはそんな気がするのじゃ。そうなれば、わしらは先生もおぬしをも失うことになりかねぬ。とすれば、お文どのはどうなるのじゃ……。わしは、いつまでもこんな状態が続くとは思わぬ。幕府にも隙ができるし、なにより、必ず反撃の火蓋が切られるだろう。そのときこそ、先生に登場してもらいたい――そう思うているのじゃ」

「まったくじゃ」飯田正伯が賛意を表した。

やがて、玄瑞が折れ、二刻に及んだ相談の結果、間部要撃策諫止の手紙を書くことに決まった。手足となって働いてくれることを期待して送り出した松陰の思惑に反して、晋作たちは、動こうともしなかったのだ。

玄瑞はつっと立っていくと、部屋の隅から文机を運んできて、晋作の前に置いた。尾寺新之丞から奉書紙を受け取りながら、晋作は胸を撫でおろした。

玄瑞を中心に、捕縛のはじまったころの京のことが話題になって、仄暗い行灯の下での重苦しい会話が途切れ途切れに続いていた。傍目にはじっと考えているように見えたが、実のところ、晋作は郷里の家のことを考えていた。

〈政治向きのことに、決してかかわりおうてはならぬぞ……〉

遠くで鳴っている風のように、父の小忠太の声が聞こえた。松陰の要請に応じて、いま自分が決起すれば、待っているのはまちがいもなく斬首である。それが不孝でなくて何であろう。不孝、そうだ不孝なのだ。なんとしても松陰には、この決起を止めてもらわねばならぬ……。晋作は一字一字ていねいに筆を運びながら、この手紙を読む松陰の表情を思った。松陰はおそらく、眉ひとつ動かさず、流れるように文字を追ってゆくだろう。

〈――交易開け候うえには、必ず傍観ならぬ勢に相成り申すべく候。この時こそ、実に御互い国のため鞠躬尽瘁《きっきゅうじんすい》仕るべく……〉

よし、とうなずいて署名し、花押《かおう》を書きつけた手紙を、晋作は得意気に示した。

火の玉のように体ごと燃えながら送りつけてきた松陰のものに比べて、この手紙が、あまりにも覚めた意識の中にあることに、晋作は気づくべくもなかった。

「さすが高杉だ。上手いもんじゃ」飯田正伯が、感心したように眺めた。

油のきれかかった行灯の火が隙間風にゆらゆら揺れているだけで、藩邸は物音ひとつせず、もう真夜中の深い眠りのなかにあった。

ひととおりみんなが読んだあと、玄瑞が腹立たしそうに口を開いた。

「急なことだが、わしに帰藩命令が出るそうじゃ」

「なんじゃとう」晋作は、自分でも驚くほどの声を出した。「国元へ帰れというのか！　いったいどういうことじゃ」

「わしのような輩を江戸へ置いておくと危ないということかもしれぬが、このところ藩政府の周章ぶりは目にあまる。いかに冬のような時代だとはいえ、わしらが頼みとする周布どのには、もう少ししっかりしてもらいたいものじゃ」

腹のなかで煮えくりかえっている想いに耐えて、冷ましながら吐き出しているといった声だった。

久坂玄瑞は、晋作の生まれた翌年——天保十一年に二十五石どりの藩医の二男坊として生まれたのだが、十四歳で両親も兄をも失い、ひたすら生きる苦労を重ねてきた。

蘭学者でもあった兄は、玄瑞にこういい遺したのである。

「……人の病を無くすためには、なにより天下の大患を治療することが必要じゃ。おまえも医者の子だ。このままでは、コレラも天然痘も無くなりはせぬぞ。それどころか、国ごと滅びぬともいえぬ。よいな、隣国の清を他山の石とせねばならぬぞ」

早熟だった玄瑞の脳裡には、兄の言葉があざやかに刻み込まれた……

晋作よりもはるかに早く世の中へ出、苦労を積み重ねて歩いてきた玄瑞。最も親しく交わってきた玄瑞。その玄瑞が、江戸へ出てきたのも束の間、まもなく萩へ帰ってしまうというのだ。

「ほんとうに帰ってしまうのか?」と晋作は尋ねずにはいられなかった。

「命令とあらば仕方がなかろう。蕃書調所で勉強していても、心はうわの空じゃ。それよりも、国元で役人たちの尻を叩くほうが役に立つかもしれぬ」

玄瑞は口許に淋しそうな微笑を漂わせた。

急に底深い沈黙がきた。

「今夜はやけによう冷えやがる」

やがて、尾寺新之丞がぽつりといった。

6

吉田松陰がふたたび野山獄に入れられたという噂が晋作の耳に届いたのは、安政六年のはじめ、冬の最中だった。江戸のまちには細かい砂埃を含んだ強い北風が日がな一日吹き荒れていた。晋作たちはなにをするすべもなく、悶々とした日を送っていた。

まもなく、間部要撃策を諌止すべしとの手紙に対する晋作たちへの批判が、松陰再入獄の噂を追っかけるように届いた。

「なんじゃとう……！」飯田正伯が、松陰からの返事を、晋作の手からひったくるようにして取った。「……江戸にいる諸友久坂、……高杉なども皆僕と所見違うなり。その分かれるところは僕は忠義をする積り、諸友は功業をなす積り……」

そこまで読んで、正伯はうーんと声に出して唸った。

「わしらはすると、功名目当ての立身出世主義者どもというわけか。忠義とは、鬼の居ぬ間に茶を淹れて飲むようなものではない、といわれれば、そうには違いないが……。吉田うじも気が違うたとしか思えんのう」

ぎょろりと大きな目をむいている尾寺に手紙を渡すと、飯田は畳に寝転がった。彼は五十石の寺社組士で、年齢は松陰より二つ三つ上だったが、どちらかというと奥手のほうで、一年前に松陰の兵学門下に入り、晋作より二カ月ばかり遅れて江戸へ出てきていた。

「気が違うたか……」晋作は宙を見つめてつぶやいた。「いや、先生にとっては、忠義がすべてなのじゃ……」

確かに、あの手紙は間違っていなかった、と晋作は思った。松陰のいう決起を実行したところで、万に一つも成功は覚束ないのだ。たとえ、成功不成功を度外視するとしても、井伊大老の徹底した弾圧策に楔《くさび》を打ち込むことはとても困難だろう、と彼には思えた。闇夜にたった一発打ち上げられた花火が、観客の視線をとらえるまえに空しく消えていくのに似ているのではないか、と。

晋作がむっつりと黙り込んでいると、

「あまり気に病むな。吉田うじが賢すぎるのじゃ」

飯田は晋作の肩を叩いて帰っていった。どんぐり目の尾寺がその後を追った。

晋作が飯田の誘いにのって品川宿へ行く気になったのは、それから十日ばかり後のことだ。

「おい、高杉、読んでみろ」

飯田は部屋に入るなり、部厚い手紙を晋作の前に放った。そこには、萩の動きをしたためた書状や松陰が門下生に宛てた手紙の写しなどがあった。出せども出せども返ってこない松陰からの返事にやきもきしているところだったから、晋作は、手渡されたものをむさぼるように読んだ。

父親杉百合之助からの借牢願出という形式をとって、十二月の末に松陰が下獄したことや、下獄に反対した門下生が罪を得たことがしるされていたが、手紙の写しを読みはじめたとき、晋作は思わず唇を噛んだ。

〈……皆々僕が良友たるにその言此の如し。殊に高杉は思慮ある男なるに、しかいうこと落着に及び申さず候。皆々ぬれ手で粟をつかむ積りか……〉

ぬれ手で粟をつかむ――と晋作は思わずつぶやいた。間部要撃策を諫止したことがいくら正しいと思っても、こう悪罵をあびせられると、つい気が滅入ってしまう。そして、なぜか、松陰を裏切ったような思いに打ちのめされるのだ。萩では、友人たちが罪を負ってまで行動しているというのに、わしにはなにもできぬ。なにも……。父の小忠太の顔が、母の道の顔が、振り払おうとすればするほど、執拗にまつわりついてくる。

「酒でも飲むか」晋作の気持ちを察したように、飯田正伯がいった。

尾寺を誘って、三人はぶらりと藩邸を出た。

どこへ行くというあてもなかったが、三人は夕陽に誘われるように西へ西へと歩いた。薩摩の上屋敷を過ぎたあたりで、芝の高台の寺から暮れ六ツの鐘が響いてきた。不思議にしんと風の止まった夕暮れだった。

海に面した品川の旅籠に入った晋作たちは、芸妓らがたまげるほど飲んだ。

三絃の音にあわせて、晋作は即興の都々逸を唄ったりした。

ひとりの芸妓が、

「露をだに厭う大和の女郎花《おみなえし》……」と、水戸藩士が流行らせた和歌を唄い出したときだった。

「やめろ！」と晋作は怒鳴った。

のなら世話はないわ」

「嫌いなんじゃ、その歌は。夷狄を斬れ、夷狄を……、へん、そんなことで日本が守れるのなら世話はないわ」

「おぬし、酒に飲まれたな」

飯田は、いまにも立ち上がらんばかりの姿勢で、困惑気な顔を向けた。

「酒に。はっはっは……、これしきの酒に飲まれるほどの腰抜けではないわ……」

そのとき、晋作は、快い酔いにまかせてわめき散らしながら、自分を忘れようとしていたのかもしれなかった。しかし、自分を忘れるどころか、体は自由を失いつつあるのに頭の芯はむしろ冴えかえり、水戸という言葉が土中に深く突き刺さった槍のように生きていた。彼は、ぼうーっとかすんでゆく視界のなかに不思議に鮮明な像を見ていた。それは、水戸や宇都宮の藩士たちに囲まれた大橋訥庵であり、また吉田松陰の顔であった。ああ、どちらを向いても、斬る、斬る、斬る、斬る……

「水戸など斬ってしまえ！」

「おい、よさぬか！」

飯田がいったのと同時だった。部屋の障子があわただしく開けられ、廊下で足音が入り乱れた。顔を上げた晋作の目に、太刀に手をかけた数人の侍の姿が映っていた。

「許せぬ言辞を吐いたのは、どいつじゃ！」

「おっと、ご立腹のご様子だが、大老井伊掃部守と老中間部下総守の、戊午《ぼご》の大獄にいたるお芝居をひとくさり……」と晋作はおどけた。

「貴様ら長州か、言い逃れをするとはもってのほかじゃ」

二人、三人、四人と侍たちが晋作をとり囲み、どこかで太刀が抜かれたらしく鐔《つば》が冷たく鳴った。

「疑ぐり深いお人たちじゃ。酔狂というものがわからぬのか」飯田と尾寺の手を振りほどいて、侍たちの前へ歩いていくと、晋作はどっかりと腰をすえた。「斬りたければ斬るがよかろう。これだけ酔うていては、柳生新陰流も役には立たぬ。さきほどの芝居のひとことにご立腹とは水戸藩とお見受けしたが、わしを斬ったとて尊王攘夷には何の役にも立ちませぬが……」

「なにを、こしゃくな！」

ひとりが抜き身をかまえたときだった。晋作はひょいと横に飛んだ。

「やめておけェ！」敷居に立っていた不敵な面構えをした男が、鋭い視線を晋作に投げていった。

使えるな――と晋作は思い、足の指に力を入れた。

「酔うているとはいえ、貴様らに斬れるような相手ではない。あの目の配り、足の配りがわからぬか。ひと呼吸もゆるがせにはせぬ男じゃ」

「わからぬか、貴様の刀が鴨居に届くまえに、胴が真っ二つになっとるぞ。わしが殺《や》る！」

「しかし、河上どの……」

男が、左手を鞘にかけたときである。

「おッ、貴公は高杉ではないか。彦斎《げんさい》、ちょっと待ってくれェ」

色の浅黒い男がぬっと前へ踊り出たのだ。

「なんじゃ、おぬしか」

晋作は驚いた様子もなくこともなげにいった。男は、昌平黌で机を並べている浪速の伊藤軍八という、なかなか頭のきれる若者だった。

「なんじゃ、こやつは？」彦斎と呼ばれた男が、目に鋭い光をためて尋ねた。

「ちょうどよい、紹介しておくか。長州の高杉晋作。いま昌平黌で一緒だ。剣と酒ならおぬしとよい勝負じゃ」伊藤軍八は、晋作のほうに視線を向けてつづけた。「熊本の河上彦斎という熱血漢だ。あとは水戸の諸君じゃ」

晋作よりいくらか年配の河上彦斎は、太刀をおさめると伊藤の注いだ酒を一息に呷った。

「おかげで酔いが醒めたぞ。おい、酒じゃ」

「驚いたぞ」彦斎たちが出ていくと、軍八はいった。「部屋の前まで来た途端に、水戸など斬ってしまえ、だ。奴ら殺気立っていたぞ。貴公の即興芝居か」

「いや。本気じゃ」

立てつづけに酒を呷る晋作を、軍八は目を丸くして見ていた。

「考えてもみろ。水戸藩の尊王と弊藩のそれとは根本のところが違うておる。こちらは、幕政を改めて神武天皇ご政道どおりにしようというわけだが、水戸は、尊王に名をかりて、朝廷から征夷大将軍の肩書をもらっている幕府の、崩れかかっている権威を高めようという、御三家としての利己主義というやつじゃ。攘夷にしたところで、彼らには先の見通しもなにもない……」

そう口にしてしまってから、晋作はひどく空しい気持ちに襲われた。水戸の藩士たちをののしりながら、結局、自分も大言壮語していることに思い当たったのだ。

外へ出ると、氷のように冷たそうなまんまるい月が、中天に出ていた。黒藍色の夜空に冴えかえった月の光をあびながら、晋作は尾寺新之丞の肩にもたれて歩いた。

「いや、参った」道に立った霜柱を踏みしだきながら飯田正伯がいった。「一度は酒で酔い、高杉のくそ度胸で二度酔うたわ」

「しかし、高杉、あまり無茶をするな。水戸には命知らずがうじゃうじゃおるぞ。今夜でも、わしが顔を出さなかったら……」伊藤軍八が心配そうにいった。

聞こえたのか聞こえなかつたのか、晋作は尾寺の肩をはずすと辻行灯めがけて走り出し、やーっ、と気合のような声をあげて、太刀を振りかざしながら飛び上がった。

青白い月明かりの中で太刀が鈍い銀色に光り、バサッと音立てて黒いものが落ちた。三人が近づいてみると、道のまん中に二尺もある大きな蝙蝠が横たわっていた。晋作はもうずっと前を歩いていた。

「大した腕前じゃ。飛んでいる蝙蝠を斬るとは、余程の達人でないとできぬ」蝙蝠の死骸のそばにうずくまったまま、軍八はひとりごとのようにつぶやいた。

7

桜の花が咲きはじめた藩邸の中庭で晋作が弓の稽古をしているところへ、尾寺新之丞が飛び込んできた。

「入江杉蔵と野村和作の兄弟が、岩倉獄へ入れられたぞ」

弓道で残心とよぶ最後の動作をしている晋作の背後で、尾寺の急き込んだ声が聞こえた。晋作は左手にもった弓を大地に立てたまままうしろをふりかえった。

「えらいことじゃ」尾寺は、二、三歩の距離に突っ立っていた。「なにしろ又聞きなのでくわしいことはわからぬが、これにも松陰先生が関係しているらしい……」

「………」

「つまり、参勤交代で江戸へ向かう藩主の駕籠を伏見で止め、公家の大原重徳《しげとみ》を動かして幕府反撃の糸口を作ろうとされたらしい。京への連絡を入江が引き受けたということじゃ」

「入江が？」と晋作は問い返した。

晋作より二つ年上の杉蔵はすでに足軽の父を亡くし、家には病気で寝ている母親と十歳くらいの妹がいた。いつだったか入江の家を訪ねたとき、貧しさを見るに見かねて、懐中にあった金を置いてきたことがあった。

「久坂たちが反対したために、入江が引き受けるしかなかったらしい。ところが、その入江も妹を抱えた母親の身を思うて、弟の野村和作を京へ送った。だが、この伏見要駕策も大原卿の賛同が得られず失敗に帰した……」尾寺は、どんぐり目をさらに大きく見開いていった。

つがえようとしていた矢を折れるほどに握りしめて、晋作は思わずため息をついた。十分のものを入れる野山獄に吉田松陰が、野山獄と向かい合っている岩倉獄に入江兄弟が閉じこめられている姿を想像するだけで、くやし涙があふれてくる。

「なんとかしなければならぬのう」

そうはいってみたものの、彼にできることはなにもなかった。久坂玄瑞のように自由な身であれば、と彼は思った。吉田松陰のように、せめて兄がいてくれれば、どれだけ気楽に動きまわれるであろう。その条件がないと思い込むことで、彼は自分を許そうとした。

家という枷から解き放たれたいと願いながら、その枷ゆえに自分を許そうとする矛盾――苦しみという檻のなかに閉じ込められているような旬日が過ぎていった。入ってくる知らせは、間部詮勝が江戸へ帰ってきたということや、尊王攘夷派に与《くみ》した公卿《くぎょう》までが落飾、つまり髪を剃り落して仏門に入ったなどといったことばかりである。吉田松陰が無事であったことだけがせめてもの救いだった。

お前はまだ十九歳なのだ、晋作。これからだ、まだまだ機会はある……。そう自分にいいきかせては、心やすらぐ場を求めて、晋作は品川宿への一里の道を通った。

しかし、心が満たされることはなかった。肉体的な快楽が精神の飢えを癒しはしないことを、彼はいやというほど思い知らねばならなかった。酒を飲み、女を抱いているあいだ忘れることのできた空しさは、行為のあとには、倍にも三倍にもなってはねかえってきた。そこに逃避することとしか解決の道を知らぬちっぽけな自分が、晋作はいやになるばかりだった。

だが、足は、どうしようもなく品川へ向いた。ぼろ切れのようになった心から自尊心がすっぽり殺《そ》げ落ちてしまったように。

8

安政六年四月二十一日——長州藩直目付長井雅楽《うた》は、数人の供を連れてひそかに江戸を発った。

彼の帰国は、幕府から伝えられた吉田松陰の東送命令を国元で相談するためのものであった。松陰の名は、間部老中の手先を勤めた彦根藩士の探索によって、梅田雲浜との関係から浮かびあがってきた。京で動いている志士たちの中心的な存在であるらしいという風評が、大老井伊直弼に、松陰の東送を踏みきらせたのである。

長井雅楽は、道すがら松陰を江戸へ送った場合のことを考えながら、大急ぎで萩へ帰った。幕府をも恐れることなく思うことをなんでも喋ってしまう松陰のことだから、どんな厄災が長州藩に降りかかってこないともかぎらない。これが、松陰を奸物の最たるものと考えている雅楽のもっとも心配するところだった。

松陰の東送をめぐっての藩政府の相談も、結局長井雅楽の考えているようなことが話題の中心を占めた。つまり、松陰を江戸へ送っては危険であるから、切腹を申しつけてはどうか、あるいは毒殺し、病死と偽って届け出る……

だが、雅楽は、彼自身も望んでいた方法をとらなかった。幕命によってやむなく東送するということにするのが、この場合もっともよいと判断したのだ。彼は、兵学門下、松下村塾をあわせて二百名以上という松陰の門下生たちが、やがて藩政府に対して抱くであろう敵意をおそれた。いまは大獄のまっただ中であるためになりをひそめてはいるが、頭に浮かんでくるだけでも、いずれは藩政府の中枢へ登ってきそうな有能な人物が大勢いるのだ。

そのころ、松陰の江戸檻送のことなどつゆ知らぬ晋作は、ようやく怒気の和らいだ松陰から届いた佐久間象山《しょうざん》への紹介状をふところに、この機会に関東、信州方面を歴訪しようと、藩の許可を得るために奔走していた。そこへ、久坂玄瑞からの手紙が着いたのだ。

玄瑞の手紙には、飯田正伯から松陰東送のことを知らせてきた、松陰が江戸にいる門下生のなかでもっとも期待をよせているのは貴公である、わしも江戸行きを熱望しているが許されそうもない、先生が江戸へ着かれたら、わしの分も働いてほしい、といったことが手短にしたためられていた。

晋作は、飯田正伯をつかまえると、殺気立った語調でつめよった。

「貴公、知っていたのならなぜ教えてくれぬ」

「実は……」

「実はもへったくれもあるものか。松陰先生が江戸へ送られてくるなどという大事を知らせぬとはもってのほかじゃ。貴公とは、もう朋友ではない。それでも門下の一員か！」

「待ってくれ、高杉………」

「言い訳を聞く耳など持たぬわ」

「これは、雅楽どのからのたっての頼みだった。雅楽どのは、松陰先生を助けたい一心でそういわれたのじゃ。ここで門下生たちが一騒動やらかしたら、危なくなるとな。それで、わしは桂どのや久坂などに静観してほしい旨の手紙を書き、おぬしには、口まで出かかっている言葉を何度も飲み込んだ。父上の小忠太どのと雅楽どのはこれまでから朋友の仲、おそらくおぬしの身を案じられてのことじゃ」

「雅楽は、吉田松陰は日本を危機にさらそうとしている元凶だとすらいうている人物じゃぞ。

貴公は、その雅楽に踊らされて、まんまとひと芝居うたされたのじゃ。飯田どの、これからは朋友でもなんでもない、そう思うてくだされ」

晋作は叩きつけるようにいって、飯田のもとを立ち去った。

六月下旬、江戸藩邸の牢へ送られてきた松陰は、藩の役人と一応の打合せをしたうえ、七月九日に初めて評定所へ呼び出され、寺社奉行松平伯耆《ほうき》守、大目付久貝因幡守、勘定奉行池田播磨守、町奉行石谷因幡守など列座の取調べののち、即日小伝馬町の獄へ下った。

その日、評定所の白州に引き立てられた松陰は、松平伯耆守の訊問に答えて、梅田雲浜と密議を行なったなどという嫌疑をきっぱりと否定した。そして、条約締結をめぐる幕府の態度を手きびしく非難したのだ。

「あなたがたは、七つや八つの娘を嫁にやりますか？」と松陰はつめよった。「このたびの条約の締結は、年端もいかぬ少女を強引に結婚させることに似ている。日本に、外夷と対等に交易していく力のない現在、外夷に都合よくとりきめられた条約は、やがて人々の生活を塗炭の苦しみに陥れるのですぞ……」

奉行たちの静かな態度が、松陰にひとつの決心をさせた。自分一個の命を投げ出すことによって幕府の目を開かせ、無数の人命を救うことができるかも知れぬという可能性に賭けてみることだった。

「……幕府を諫止せんがために、やむにやまれず企てたことが二件ある。ひとつは間部要撃策であり、ひとつは大原三位卿西下策である」と松陰は口走った。

一瞬顔を上げた松平伯耆守は、

「未遂であれば大罪にはなるまい。詳しく事の次第を申し述べてみるがよいぞ」

驚きを内に隠したおだやかな表情にもどって、松陰をうながした。松陰は、温情的な態度を示す吟味役を見て、背後の力を見失っていた。

二つの計画は、幕府側のまったく知らなかったことだった。むろん藩役人たちも、きっちりと打ち合わせた以外のことを、松陰が口外しようなどとは思い及ばなかった。

松陰の自白を聞いた松平伯耆守は、驚きにふるえる声でこう申し渡した。

「その方の心事は国のためを想う企みとはわかっても、間部どのは幕府の大官であるぞ。このかたに刃を向けるなどとは大胆不埒につき、吟味中揚屋入りを申しつける」

晋作は翌る日、与力格の小伝馬町囚獄に面会を求めた。藩役人が上を下への大騒ぎのすえの小伝馬町送りだったから、牢名主に持参する金子《つる》を松陰は携えていないにちがいない、と晋作はにらんでいた。牢獄のなかも金次第だと聞いていたから、金子を持ちこむ伝手を探る目的もあった。

囚獄には逢えず、部下の同心が、晋作の姿をなめるように眺めて、

「何用か？」とひとことといった。

「実は拙者、長州藩毛利家家来、高杉晋作というものでござる。昨日、東牢揚屋入りを仰せつかった吉田寅次郎矩方《のりかた》への牢見舞をここに持参いたしたが、お届けを願いたい」

「届物なら、ここに書くがよい」

三十がらみの、どことなく垢じみた感じのする同心の示した用紙に、晋作は願書をしたためた。

「して、金子などは入れてはいまいな。それから、これは……？」

「ああ、ちょっとその半紙だが」

「これは、なんじゃ……？」

手紙をはさみこんだ半紙の束を持って近づいてきた同心の袂に、晋作はすばやく懐中の一両小判を投げ入れた。

「なにぶん、よろしく頼む……」

固い表情をいくらか崩した同心は、袂の重みを気にしながら、

「これは許されておらぬ」と、小型の矢立を晋作のほうに押し返した。晋作は松陰に送る金子のことをいおうとしたが、同心は、

「しばらく待たれい」といいおいて、半紙の束や手拭、弁当箱などをもって奥の部屋へ消えていった。

「たしかに渡し申した」

しばらくすると、同じ同心が晋作の前に姿をあらわして告げた。

晋作は立ち去りがたい思いで、どうして金子を届けたらいいものか思案にくれていた。が、松陰のほうは別にひどいお仕置を受けることもなく、牢内生活をはじめていた。

東牢揚屋の牢名主は沼崎吉五郎という男だった。沼崎は元福島藩士で、殺人の容疑で在獄すること五年、すでに遠島の判決をうけ、十月頃に出帆する手筈になっていた。牢では、牢名主、添役などというさまざまな牢内役人がきめられていたが、松陰は、彼の名を知っていた沼崎の好意で、入獄するや上座の隠居という席を与えられたのだった。

数日後――晋作は、見も知らぬ四十がらみの男の訪問を受けた。男は町人のなりをしていたが、左の額にひどい刀傷があった。

「高杉さまで……?」男はしわがれた声でいった。「これを……」

手紙だった。右あがりの癖の強い、力のこもつた字はまちがいもなく松陰のものであった。

「どうして、この手紙を……?」驚いて晋作は尋ねた。

「くわしいことはお話しできませぬが、あっしは伝馬町三丁目に住んでおりやす金六と申すもので、へェ。何年前でござりましたか、黒船への乗り込みをしくじりなされた先生が獄にいなさったとき、大層お世話になりましたもんで、いつかは恩返しをと思っておりやした。いまは牢の下男をしている卑しい野郎でござりやす」

「いや、これはかたじけない。天の助けというやつじゃ」

晋作はその場に突っ立ったまま有頂天になって字面を追っていったが、表情は徐々に暗くなっていった。

金子を差し入れてくれるように書いたあと、手紙はこう結ばれていた、〈――投獄は大原策及び連判一条自白によるなり〉と。

もしや、と思っていた危惧が現実となってあらわれたのだ。まわりの風景から色彩が剝ぎとられ、急激に暗黒の世界へ引きずり込まれていきそうな自分をからくも支えながら、晋作は懐を探った。この目のために用意していた金が五両ばかりあった。そのうちから三両を半紙に包み、一両を金六への礼にした。

「いえ、礼など、と、とんでもございませぬ」金六は固辞した。「牢番もあっしの顔見知り、礼を貰ったとあっちゃ、江戸っ子の名がすたりまさぁ。それでは、この金子、たしかにお渡し申しやす」

金六は剃り上げた頭に汗を光らせ、満足気な笑みを洩らした。

「よろしくお頼み申す」晋作は腹の底からいった。

金六は跛をひいていた。そのうしろ姿は、だが、妙にやさしさがあふれていた。金六の姿が消えると、晋作はあわてて飯田正伯の部屋へ走っていった。

「なに、松陰先生から……」書物を閉じて、飯田は晋作を見上げた。「すると獄からか?」

「そうじゃ。獄中からいま届けられた」

来合わせていた尾寺と飯田のまえに、晋作は手紙を広げた。

「どうして自白など……」飯田は腹立たしそうに目をしばたたいた。「先生には、なにもわかっていないのじゃ。わしらがどんな気持ちでいるか。その結果がどういうことになるか……」

「すると、死罪ですか?」尾寺が急き込んで尋ねた。

「未遂だといっても、時が時だけになんともいえぬ」

ふたりの会話をじっと聞きながら、晋作はつぎの行動を考えていた。先日、飯田と仲違いしたことなど彼はすっかり忘れていた。周布どのに逢おう。周布どのに逢って、これからどうするか相談することだ——彼はそう思った。

「おい、行こう」

晋作は、そういうと、もう立ち上がっていた。


周布政之助は、自分の部屋で机に向かっていた。机に向かってはいたが、別に、何も書いてはいなかったし、何も読んではいなかった。ここ数日のあわただしかった出来事を、溜息をつきながら思い出していただけである。周布はこのとき、右筆《ゆうひつ》役という大役をつとめていた。三十なかばの骨格の太い、見るからにたのもしそうな男だった。

松陰の東送命令に当たって藩政府の態度を決めるとき、松陰を亡きものにしようとする長井雅楽たちの陰謀に真っ向から反対したのは周布政之助であった。間部要撃策のあと、松陰を野山獄へ入れて外界と謝絶することを考え、ついに松陰から奸物とまでののしられた周布が、徹底して松陰の無事東送を主張したとき、人々は奇異な目を彼に向けた。

周布政之助は、松陰の能力を誰よりも高く評価していた。私心を超越した位置に立って物事を考え抜き、だからこそ、本質を摑みとる卓抜した力をもっているということも。ただ、少年のような純粋さがときに引き起こす無謀ともみえる事件が、政治に長くかかわりあってきた周布には情なく思えるときがあった。

「ああ、高杉か」

周布は、うしろを振り向きもせずに答えた。

「周布どの、松陰先生が自白を……」

晋作がそこまでいったとき、周布は机に向かったまま、

「知っている」と小さくいった。それから、首だけを晋作のほうに向けた。「まったく馬鹿なやつだ。木を見て森を見ぬとは、政治を知らぬにも程がある。なにが兵学師範だ。なにが志

士だ……」
晋作は、周布の大きな顔のなかを涙がひとすじこぼれ落ちるのを見ていた。周布が泣くのを見たのはこのときが最初だった。晋作はいうべきことも忘れて、周布の頬が濡れていくのを見守っていた。周布がどれほどに松陰のことを思っていたか、その気持ちに深くうたれたのだ。

あの日――評定所から帰ってくるはずの松陰は、いつまで待っても帰ってはこなかった。周布は、松陰の帰邸をいまかいまかと待っていたのだ。そこへ、下獄したとの連絡が来たのだった。

「やっぱり……」ひとことつぶやき、周布は目をとじて首をうなだれた。

長井雅楽とやりあった手前もあり、周布は、取り決めたこと以外は決して口外しないように松陰に言い含めておいたのだ。そんなことはともかく、松陰を軽はずみな口外などで失いたくはなかった。しかし、彼の期待はものの見事に裏切られたのである。

「馬鹿者めが」

周布は誰にともなくいった。涙がひとりでにこぼれた。それから、ずっと、周布はなにをするでもなく、じっとこうして坐っていたのである。

「ありがとうございました。周布どの」

晋作たちの立ち去る足音に気づき、周布はまた机に向きなおった。そして、床の間にかかっている掛軸の字を声に出さずに読んでいった。

〈人能《よ》く道を弘む。道人を弘むるにあらず〉――『論語』衛霊公篇にある周布の好きな言葉だった。

9

夏もいつの間にか遠のき、空の色を映しとったような桔梗の花が、とある道辺に美しく咲いていた。夜になると、冷えが撫でるように足元から這いのぼってくる季節だった。

そんな日の夕刻、晋作たちは桂小五郎を囲んで、桜田藩邸の一角にある有備館に集まっていた。小五郎は、教育の場である有備館の責任者として萩から着任したばかりであった。

「事態は、どうやら最悪の道を辿っている……」小五郎は緊張したおももちでいった。

この八月には、一橋慶喜《よしのぶ》が隠居慎《つつしみ》を、水戸藩主が国許永蟄居を命ぜられ、十月七日、つい数日前には、橋本左内などが死罪に処せられていた――それは、たしかに最悪の事態だった。

寛刑を主張した役人たちはいっせいに更迭された。老中間部詮勝や寺社奉行板倉勝静《かつひろ》などを排除した井伊直弼は、徹底断罪の方向を固めていたのだ。

「判決言い渡しの口上書では、重罪には不届《ふとどき》を用い、軽罪には不埒《ふらち》という言葉を使うと聞いています」重苦しい雰囲気を解きほぐすように、晋作が口を開いた。「白州の吟味で、板倉周防守からも〈不将につき……〉との申し渡しを聞いた先生は、多分遠島であろうと思っておられるようですが……」

「ふうむ。高杉のいうのはもっともだが、その板倉はすでに罷免されている」小五郎は目許をくもらせて、みんなを眺め渡した。「ただ、吉田うじの場合、救いは未遂であるということだ。むろん予断は許さぬが、いまとなっては、そこに期待をつないで天命を待つしかあるまい。まもなく事態は決しよう。良きにつけ悪しきにつけ、われらはそこから出発するしかあるまい」

いわれてみればその通りだった。いくら足掻いてみたところでどうなるものでもないのだ。そうは思うものの、晋作はどこか不満だった。首のあたりを真綿でしめつけられ、刻一刻と息苦しさを感じはじめているときに、小五郎の沈着ぶりがむしろ癪に思えた。情の薄さを感じたのだ。必要とあらば、あるいはやむをえないとあらば、どんなことでも切り捨てていく男——晋作の目にはそう映った。

彼はふところに、父の小忠太からの手紙を後生大事に持っていた。いや、これ以上松陰に近づくと勘当するといった激しい憤りの文句と対峙しながら、藩政府の帰国命令をも拒否しつづけていたのだ。この帰国命令も、小忠太が背後から手をまわしたものにちがいなかった。万が一、獄につながれることがあっても、それはそれで本望ではないか、という気負いが晋作を支えていた。

飯田と尾寺が松陰への届物をもって、金六の家へ行くために席を立った。小五郎について江戸へ出て来た中間《ちゅうげん》の伊藤俊輔もふたりのあとを追っていった。

「桂どの。これを、ぜひ周布どのにとりついでほしいのです」

「江戸滞留願か」

「そうです。ぜひとも……」晋作は意気込んでいった。

「むろん、周布どのにはかけおうてみる。だが、父上の小忠太どのからのご依頼とあれば、周布どのの一存ではいくまい」

「この際、父上のことなど……」

「いや」と小五郎はさえぎった。「いまさら貴公がはりきってみたところでどうにもならぬではないか。藩が許すというのならともかく、無理をすることはない。吉田うじに対する役目を、貴公はすでに十二分に果たしてきた。あとは、わたしが引き受ける。久坂などは貴公の手紙に接するたびに、涙を流して喜んでおったぞ。ほんとうによくやってくれたぞ、高杉。わたしからも礼をいう」

桂小五郎は軽く頭を下げた。下げたまま上がらぬ顔には、うすく涙がにじんでいた。そんな小五郎の姿を見やりながら、晋作は、下獄したばかりの松陰が、彼の〈男子たるものの死に場所は如何〉という質問に答えた手紙のことを想い出した。

――死は好むべきではないが、だからといって憎むべきでもない。………死んで不朽になる見込みがあれば、いつでも死ぬべきであるが、反対に、生きていて大事業をなす見込みがあれば、いつまでも生きるべきである。だから、生死というものは度外におくべきである……

この手紙を読んだとき、晋作は、死を急いでいた松陰がようやく松陰らしい冷徹さをとりもどしたように思えて、とてもうれしかった。そうだ、こういうふうに生きなければ、と彼は思ったのだ。

久坂玄瑞が、松陰の手紙の写しを萩から送り届けてきたのは、その直後だった。

〈独立不覇三千年来の大日本、一朝人の羈縛を受くること、血性ある者視るに忍ぶべけんや。那波列翁《ナポレオン》を起こしてフレーヘードを唱えねば腹悶医《いや》し難し。……此の余の処置妄言すれば則ち族せられんなれども、今の幕府も諸侯も最早酔人なれば扶持の術なし。草莽崛起《そうもうくっき》の人を望む外頼みなし……〉

草の根の人たちの力に頼み、自由を唱えようという松陰の主張は、長い針のように晋作の深い部分を突き刺した。長い針は、一年経ったいまも突き刺さったまま、晋作の心のなかで疼きを増すばかりだった。

肩を叩かれて、晋作は、我にかえった。紙包みをもった小五郎が、すぐそばで片膝を立てて坐っていた。

「久坂たちから預かってきた金子だ。二十両はある。受け取ってくれ」

「いや、それは先生に……」

「牢へ。ならば、わたしが用意している」

「いや、お願いします。先生を大事にしてくれた牢名主の沼崎吉五郎という男が、まもなく島送りになるのですが、先生はその礼に餞別をしたいといってきたのです。とりあえず、少しばかり届けたのですが、金の融通がつかずに困っていたところです」

晋作は紙包みをほっぽり出したまま文机のところへ駈け寄った。

ひょっとすれば最後になるかもしれぬ松陰への手紙に、門下生たちが力を合わせて集めてくれた金のことを書いておきたかった。そして、教えを受けたことをしっかりと身につけて、悲憤慷慨しなくともよい世の中を作るために全力を傾注して生き抜いていく、ということも……

10

十月十七日の朝、身のまわりの荷物をまとめた晋作は、心を残しながら江戸を発った。紅葉の盛りを過ぎた山々や街道には、冷たい、というよりはどことなくもの悲しい風が吹き、縮かんだような楓の葉が音もなく舞いつづけていた。

晋作は東海道から山陽道へと旅を急ぎ、十一月十六日の夕刻に萩へ帰りついた。一年四カ月ぶりの帰郷だった。

野山獄から江戸へ檻送されていった日、松陰が、

帰らじと思いさだめし旅なれば
　ひとしおぬるる涙松かな

とうたったという涙松のあたりに立って萩のまちを見下ろしながら、晋作は深い感慨にひたった。そして、弟の松陰を深く愛している杉民治に早く無事を知らせようと、つづら折りの下り坂を駈け降りていった。二つ年上の民治は松陰のただひとりの兄で、松陰が考えどおりに生きられたのも、民治あったればこそであった。

あたりが薄暗くなりはじめたころ、松下村塾の前を通り過ぎて杉家の門口を入った晋作は、はっとただならぬ気配を察した。そろそろ夕餉時であるにもかかわらず、いつも笑いの絶えぬ杉家にしては珍しく話し声ひとつ聞こえないのだ。松陰が獄にあるせいだろうと独り合点して、晋作は案内を乞うた。

出てきたのは民治の妻で、言葉少なに晋作を座敷へ招じ入れると、かわって民治がなつかしい顔を見せた。

「ただいま江戸より立ち戻りました」晋作は元気よくいった。「松陰先生より兄上さまへよろしくとのことでございました」

「その寅次郎ですが、実は……」民治は、いいにくそうに口ごもった。

「というと、なにか……?」

「実はいましがた、処刑されたとの連絡がございました」

「なんですって、先生が死罪に……!」

急ぎ足で歩いてきた晋作は、全身から力が抜けていくのを感じた。

「これが、その知らせです」民治は書状を仏壇から持ってきて、晋作に示した。

「十月二十七日、小伝馬町獄において死罪に……」

十月二十七日といえば、晋作が江戸を離れてからわずか十日後である。あと十日、どうして江戸にいなかったのか、後悔の念が晋作を切り刻んだ。晋作、おまえは、どうして江戸を離れたのだ、大馬鹿者めが——彼は唇をかみしめて、書状の薄い墨の色を見つめ続けた。

松陰が勘定奉行池田頼方から口上書の読み聞かせを受けたのは、晋作が江戸を出発する前日だった。口上書は吟味役人が作るから、吟味役人にとって都合のよいように作られていたことはいうまでもないが、松陰は、間部要撃策の事遂げざるときは刺し違えて死す、警護の邪魔あれば斬り払う意志であったとの供述になっていたから、そのようなことを申し立てた覚えは一切ないと徹底して反駁し、刺し違え斬り払いの語を調書から取り消させていた。

それから数日後、むろん晋作は知るよしもなかったが、江戸城の一室にでんと坐った大老井伊掃部守直弼は、安政条約の違勅調印以来とみに皺のふえてきた顔に冷たい笑いを浮かべて、つぎつぎと書類に目を通していた。何日かあとに処刑される者の罪科を調べ上げた判決書だった。重追放以上の刑を言い渡すには老中の下知《げち》が必要であり、遠島、死罪を下知するには将軍の許可を要した。しかし、いまや全権は井伊直弼の手に握られているといってよかった。

明かり窓から入る光をたよりに書状を繰っていた井伊直弼は、はたと手を止めると鋭い視線を向けた。彼は目を思いっきり大きく開け、顔を書類の真正面に向けた。

「むむ、こやつじゃ、わしを正面きって誹謗しおったのは……」

直弼は寒気がして、ぶるっと身震いした。彼の前には、次の判決書がひろげられていた。

松平大膳太夫家来、杉百合之助へ引渡し

蟄居申付け置候浪人　吉田寅次郎

其の方儀、……蟄居中の身分にあるとも下総守殿通行の途中へ罷り出で御処置を相伺い、見込の趣申立て、若し御取用いこれなく自然行なわれざる次第に至るならば、其の節は一死殉国の心得を以て必死の覚悟を極め、御同人御駕籠へ近寄り、自己の建議押立て申し度き杯《など》、……公儀を憚らざる不敬の至り、……旁々不届に付き遠島申付くる。

「なに、遠島とな。池田播磨は、これだからいかぬ」

井伊直弼はやにわに朱筆をとると、〈遠島〉のところをさっと消し、〈死罪〉と書き変えた。

そして、ひとりでうなずき、やがて、気が狂《ふ》れたように大きな声で笑いとばした。

直弼が大老の権限において罪一等をすすめた判決書は、やがて松陰に伝えられ、彼は即日、小伝馬町の牢で斬られたのである。

橋本左内が死罪に処せられてまもなく、松陰は死を覚悟して、つぎのような手紙を届けてきた。晋作は、身の震えを感じながら読んだことを憶えている。

〈――諸君は僕の志をよく知っている。だから、僕の刑死を悲しまないでほしい。僕を悲しむことは、僕を知ることに及ばないし、僕を知ることは、僕の志をついで、大いに僕の志をのばすことには及ばない……〉

松陰の志とは、むろん、西洋に対抗できるような、朝廷を中心にした新しい日本をつくることだった。自分のことを思ってくれるならば、この新しい日本をこそ、諸君らの手でつくってほしいというのだ。松陰はこうして、死んで塾生の心の中に、不朽の存在になろうとしたのであった。

その手紙を想い出しているうちに、晋作は目頭が熱くなってくるのをおぼえた。

松陰処刑の知らせを仏壇に納めてから、杉民治は丁重に晋作への礼をいった。返す言葉もなく、晋作は重い足どりで杉家を出た。海から川をさかのぼって吹いてくる風がいやに冷たい夜であった。

松本川に架かっている橋の上に立って、晋作はじっと空を見ていた。ああ、いつかも、この橋に立って星を見ていたことがあった、と彼は思った。久坂玄瑞に連れられて、はじめて松下村塾へ行った日のことだ。

松陰は身軽に縁側へ出てきて、晋作の詩稿を読んだ。

「きみの詩は名文だが、頼山陽の真似が多い。つたなくてもいいが自分のものがない。久坂くんのほうが断然すぐれています」

突き放すように口ではいいながら、松陰はにこやかに笑いかけて晋作を見つめた。

「この詩のどこが悪いのです」

「いや、悪いとはいっていない。これだけの才能を、自分の目で見、自分の頭で考え、自分の言葉で書くことに使っていないことを惜しんでいるだけです」

晋作はなにもいうことができなかったが、その日、彼を迎えてくれた松陰のおだやかな笑顔が、いつまでも胸に残った。


帰郷して十日ばかりは、なにも手につかなかった。魂の抜けたように終日火種のない寒い部屋に坐っている晋作を見て、家族の者たちは溜息をつくばかりだった。

やがて、どうにか冷静さを取り戻した晋作は、江戸にいる周布政之助に宛てて一文をしためた。丁寧のうえにも丁寧に書きつづった、その一字々を自分の心の襞にまで刻みこもうとでもするように。

〈……承り候処、我師松陰之首遂に幕吏の手にかけ候之由、防長の恥辱、口外致すも汗顔の至りに御座候。実に私共も師弟之交わりを結び候程のことゆえ、仇を報い候わで安心仕らず候。……これよりは屈してますます盛んの語に学び、朝に撃剣、夕に読書、赤心を錬磨し、筋骨を堅固にし、父母に孝を尽くし、君に忠を奉り候えば、すなわち我師之仇を討ち候本領にも相成り候わんやと愚案仕り居り候……〉

Ⅱ　その闇を翔べ

1

粉雪まじりの北風が斜めに吹きつけてくる師走半ばの夕刻だった。

高杉小忠太は頬を紅潮させて、武家屋敷の白壁の続く道を急いでいた。頬がカッと火照っているのは、北風とせめぎあって歩いてきたせいだけではなかった。息子に嫁をとらせることを妻の道と相談しあってからかれこれひと月、ようやく納得できる相手が見つかった興奮が、小忠太の胸を燃えたたせていたのだ。

「井上平右衛門といえば山口町奉行、五百石どりの家格じゃ。井上どのの人柄もいうことはないし、娘のお雅という子は、萩でも評判の美人ときている。うむ、なんとかうまく話をまとめねばならぬぞ。そうなれば、晋作めも家に落着こうというものじゃ」

小忠太は、顔見知りの役人たちが出会頭に挨拶しているのも知らぬげに、自分なりの計算をつぶやきながら、ひとり含み笑いをし、菊屋横丁への道を足早に歩いていった。高杉家は百五十石だったから、井上家のほうが遙かに家格が上であり、家屋敷も立派だった。

門を入ると、小忠太は草履を脱ぐのももどかしく、妻を呼んだ。

「道、道。ええ話じゃ……」

道はおっとりした女だった。せきもあわてもせずに小忠太を迎えた。髪にはいくらか白いものが混じっていた。

「晋作はどこにいる？」

「ついいましがた尾寺さんが見えて、なにやら熱心に話をしちょります」

小忠太は出鼻をくじかれて、ひとつ咳払いをし、聞いたばかりの縁談を誇らしげに語った。むろん、道に異存のあるわけがなかった。

晋作の部屋へ入っていくと、尾寺新之丞が松陰の最期を話しているところだった。

「ほう、斬られた日のことをな」

「はい。立派な態度だったそうです」尾寺は痛みをこらえる表情で話をつづけた。

小忠太はうなずきながら聞いているだけで、ひとことも口を挟まなかった。夕餉を一緒にとって尾寺が帰ったあと、小忠太はおもむろに切りだした。

「晋作、どうじゃな。嫁をもらわぬか」

「嫁を！」目を大きく見開いて、晋作は即座に答えた。「いや、それは困ります。それまでにやらねばならぬことがいっぱいあります」

「こんないい話は、またとありませんよ」

母の道までが身を乗り出して、晋作をうながした。

ははーん、そういうことか、と晋作はこのときになって気づいた。早く嫁をもたせて、わしを家につなぎとめておこうという算段らしい。

「しばらく考えさせてください」と答えて、晋作はその場を逃れたが、考えてみると、周布政之助に宛てて孝を尽くすと書いたばかりだった。しばらくして、秘かに雅という娘を見た晋作は、よし、と心に決めた。雅は、大事に育てられてきたことを伺わせる、おだやかな性格の娘だった。

〈この娘なら、わしに代わって立派に孝養を尽くしてくれるだろう〉

彼は心のなかでそうつぶやくと、かしこまって小忠太にいった。

「父上の申される通り、嫁にもらうことにいたします」

「ふむ、それがよかろう」

小忠太は満足気にうなずいてみせた。

年が明けると万延元年だった。正月の下旬、祝賀の宴が数日も続く盛大な結婚式が行なわれた。晋作は二十歳、嫁になる雅はなんと十四歳という若さだった。

指月城が間近に見える菊ケ浜は、冬の最中にしては珍しく小さな三角波が立っているだけで、沈んだ鉛色の海面に数百羽のうみねこが浮かんでいた。自宅から菊ケ浜までは、外堀に沿って七、八丁の距離だった。

彎曲した浜につづく松の根方に腰をおろして、晋作は雅を手招いた。

「こっちへ来ぬか」

ふところから簪を出した晋作は、きれいに結いつけられた雅の黒い髪にさしてやった。雅は血色のよい唇をこころもち開けて、恥ずかしそうに目を細めた。仄赤い唇から、真珠のように白い歯が光っている。

「あのー」しばらくして雅がいった。「なにがお好きですか?」

「なにがって、食べるものか?」

雅は目を細めてうなずくだけである。晋作には、その仕草が可愛く思えた。

「わしの好物は、鯛のあら煮と長州寿司、鯛の白身ばかりで押したやつじゃ。それと、鮪《まぐろ》の刺身じゃのう」

雅は遠くの海を見ながら、じっと覚えこんでいるふうだった。一群れのうみねこが飛び立ったかと思うと、猫のようにか細い啼き声を立てて、また波間に舞い下りてきた。冬とは思えぬのどかな風景のなかに、ふたりは長い間そうして坐っていた。

雅ははじめて晋作を見た日のことを想い出していた。

父は三国一の花婿だといっていたが、馬のように長い顔の、しかもひどいあばた面が、なぜ三国一なのか、雅にはわからなかった。晋作の顔には、蚯蚓《みみず》の這ったような天然痘の跡が無数にあり、結婚して身近に見た雅は、ゾーッと寒気がしたほどである。

「そんなにじろじろ見るな。人間、顔で生きるのではないわ」と、晋作は苦々しげにいって、竹刀胼胝《だこ》の盛りあがった掌を広げた。

なにか悪いことをしてしまったような気がして、雅は頭を下げた。父の作った三つの籤から晋作を選びあてた雅は、その容貌に少女らしい夢を破られたのだが、きりりと引きしまった晋作の口許を見ているうちに、父のいったことがわかるような気もしたのだった。

そのとき、晋作が唐突にいった。

「雅、日本の南の端から北の果てまで、何日ぐらいで歩けるか、知っているか？」

う、うん、と雅は簪のやさしい音色を響かせてかぶりを振った。

「大体、どれくらいだと思う？」

「三カ月くらい……」

「まあ、そうじゃ。そして、日本と亜墨利加の間にある海は、その五倍の距離じゃそうな」

「五倍も……」

「日本はのう、地球から見ると小さい小さい島に過ぎぬ。いつの日かわしは、軍艦に乗り込んで、世界中を交易してまわろうと思うている。世界には、いろいろと新しいものがあるぞ。知識も物も、それを日本へ、長州藩へ持ち帰ってくる。豊かな生活ができること間違いなしじゃ」

「交易って？」

「品物を交換することじゃ」

雅はきょとんとしていた。晋作は、少女そのものの雅に、自分がこれからやろうと思っていることを熱っぽく語った。たとえ、いまは理解してもらえなくとも、いつかわかってくれるだろうという期待があった。

陽が翳りはじめ、青い海は沈んだ鉛色にもどっていた。

2

春の立つころ、小忠太はにわかに、藩主にしたがって江戸へ行くことになった。

「困った、困った」と小忠太はいった。

さして困ったというほど大袈裟なことではなかったが、下働きに雇っていた男が病気で家へ帰ってしまったのだ。

四方に手をつくして探してみたが、なかなかおもわしい人がないまま、小忠太は江戸へ発ってしまった。

しばらくして、雅の父、井上平右衛門から、一人の男を紹介してきた。荷物を運びがてらそちらへ行くから逢ってやってほしい、というのだった。

「山口宰判の矢原村で大庄屋を勤めさせていただいております吉富藤兵衛にござります……」

吉富藤兵衛は、眉の濃い顔をふかぶかと伏せた。いくらかは上だが、晋作とそう変わらない年令だった。周布政之助が、時折立ち寄っては茶を飲んでくると話していた吉富藤兵衛とはこの男か――立派な紬の小袖を着ている藤兵衛と、その横に坐っている十七、八の男を晋作はじっと見つめた。藤兵衛は藤兵衛で、晋作を見つめながら、百五十石どりの武士の生活が決して豊かでないことをみてとっていた。吉富藤兵衛は二十六町歩の大地主で、小作料が三千俵、つまり千二百石近くあったのである。家も、平屋建の高杉家とは比べものにならぬ豪壮なものだった。

「この男が、井上さまよりご紹介いただきました瀬戸源次郎でございます。庄屋の二男坊で、長崎に一年ばかり行っておりました」

藤兵衛は瀬戸源次郎の身元を告げ、勤めぶりがよければ中間職にでもして末長く使ってやってほしい、と依頼した。

「源次郎めは、どこから聞いてまいりましたか、高杉さまなら、なにかとお教えいただけるだろうなどと申しまして、ひとり喜んでおるような次第です」

「わしもほとんど家に居らぬので、そうもゆくまいが、……源次郎はなにを学びたいというのじゃ？」

源次郎は、こげ茶色の澄んだ瞳をもった、目のきれいな青年だった。その目をしばたたきながら、源次郎はいった。

「高杉さま。米一石に四斗の正租のほか、延米など二斗余、計六斗余をお上へ納めにゃならんうえ、海防のための御用金の取立てやら米、物の値上がりで、領内九割を占める百姓の暮らし向きは悪うなるばかりですじゃ。このままでは、吉富さまがうちこわしに遭われた天保一揆の二の舞になるのではないか、と庄屋衆はみんな心配しちょります。大庄屋さんは、気持ちさえしっかり持ってりゃ大丈夫じゃといいなさるが、黒船を追い払うてしまわぬことには安心できませぬ……」

「おいおい、高杉さまの前で議論をするつもりかな」

「いや、これは」源次郎は恥ずかしそうに頭を掻いた。「つまらぬことをいうてしもうて」

「ほう。面白いやつじゃのう」

「高杉さま」と、源次郎は真剣な口調にかえっていった。「力仕事はありますかのう。勉学のほうはどうも苦手ですじゃ……」

「心配するな。足りぬ分は、剣道の道場へでも通わせてやるわ」

瀬戸源次郎は吉富藤兵衛と顔を見合わせ、うれしそうにお辞儀をした。勉学は苦手だと源次郎はいったが、謙遜の意味をこめて、彼らしい言い方をしたに過ぎなかった。

庄屋をしていた父が亡くなってから、後を継いだ兄のすすめで長崎へ出向いた源次郎は、わずかの期間だったが、蘭学や西洋兵学を学んでいた。大坂の塾で学んだことのある兄の達之助は、物指しで計ったようにきっちりと送金してくれたからさしていうことはなかったのだが、勉学すればするほど、日本が危急のときであることがはっきりとわかってきたのだ。いささか気負いたった彼は、居ても立ってもいられない想いで村へ帰ってきたのである。

帰郷した日、外から帰ってきた達之助を見て、源次郎は棒のように立ちつくした。

「兄さん――」

達之助は、腰に太刀を差して、勇ましいいでたちをしていた。

「驚いちょるのか」と達之助は笑いかけた。「郷学校ができて、銃陣訓練がはじめられたのじゃ。農兵が必要な時じゃと。それでまァ行っとるわけじゃ」

「その刀は?」

「ああ、これか。農兵は苗字帯刀御免なんじゃ」

「へえ……」

時代は激しく移り変わっているのだ、と源次郎は思った。しばらくして、源次郎も農兵訓練に出ていった。

気負い立って帰郷したものの、次男坊では、結局兄の厄介になるしかなかった。が、その瀬戸家も、庄屋のわりには、年々貧しい暮らしになっていた。父とちがって人のよい達之助は、百姓の苦しい暮らしぶりを見るにつけできることは自分が肩代わりしようと思ってしまうのだ。

「兵備充実のため金子《きんす》入用につき、そのほうの村から百両調達せよ」

代官所の役人が、馬を乗りつけてきて横柄な態度でそう告げた時も、達之助はその御用金の大半を自分で負担した。いつ返ってくるともわからぬ金だった。まるで借金の取立てにきたような役人の態度に、源次郎は、我慢ならぬ憤りを覚えた。

ようし、わしも侍になってやるぞ——はじめて、腹の底からそう思った。

力仕事はあるかと尋ねただけあって、源次郎はよく働く男だった。朴訥で飾り気のない性格も晋作の気に入っていたし、朝の早い用事であろうと、夜遅くであろうと、源次郎は快く出かけていった。

「ほんにええ人が来てくれたわ」

立ち働いている源次郎を見ながら、道は顔をほころばせた。


城からの帰りに立ち寄った雅の父から重大事を耳にした晋作は、にわかに岩倉獄へ出かけていった。

苛立たしげに手続きを済ませて獄舎へ入っていくと、伸びた髭を痒そうに掻きながら入江杉蔵が顔を見せた。

「おい、一大事じゃ」晋作は口を開くなりいった。「江戸で大変なことが起こったのじゃ。井伊直弼が殺されたぞ」

「なに、井伊大老が……」

「そうじゃ。桜田門で、それも真っ昼間にやられたらしい」

「真っ昼間に！」

杉蔵が驚くのも無理はなかった。幕府の高官が、白昼江戸城の門前で殺されるなどということは、たしかに前代未聞の出来事だった。

火事、風水害、コレラの流行と天変地異が続発していた江戸は、暦の上ではとっくに春だというのに、手足がちぢかむほど寒い日が続いていた。

三月三日の朝——前夜来のひどい雪が降りしきるなかを登城してきた井伊直弼は、桜田門前の武家屋敷に待ち伏せていた十数人の暴徒の一団に襲われ、あえない最期を遂げていた。

反対意見を封殺しようとしてとった安政の大獄の大弾圧は、直弼の意図とは逆に、幕府非難の声を全国に煽り立てる結果になってしまっていたのだ。

この桜田門外の変の噂は、口から口へとまたたく間に江戸中にひろがり、瓦版に刷られ、早馬や飛脚で全国津津浦浦へと伝えられた。

幕府の権威も地に堕ちたものじゃ！——専制支配者にとって最も恐ろしい言葉が、公然とささやかれはじめたのだ。

倒幕——松陰の死以来、秘かに考えていたことが、いまや現実の日程にのぼりつつあることを晋作は感じた。

「襲ったのは水戸と薩摩の浪士らしいが、要するに、世の中は大きく変わろうとしている。おぬしの出獄ももうすぐじゃ」

「なにか、狐にでも化かされておるようじゃ」

杉蔵はうれしすぎて、むしろ悲しげな顔をしてみせた。

軍艦教授所で、尾寺とともに蘭学や航海術を学んでいることを告げたあと、目を輝かせて晋作はいった。

「これからは海じゃ。夷狄を陸地で迎え撃てば、どうしても守勢にならざるを得ぬ。軍艦で守らにゃ、守りきれんぞ」

彼が教授所に入ったのは、むろん、黒船に対峙できるだけの軍艦の乗り手になるためであった。そして、どこかに、いつか世界の海を駈けまわろうとする青年らしい夢もかくされていた。

「ふうむ、海か……」と杉蔵は腕組みした。

晋作は深くうなずき、杉蔵の肩を叩いていった。

「よいか、杉蔵。おぬしと一緒に、この日本のためにひと働きせにゃならん日がもうそこまで来ておるんじゃぞ。体を大事にのう」

3

萩湾に浮かんでいる丙辰丸《へいしん》という船のなかで、波の高い海をうらめしそうに眺めながら、晋作はやきもきしていた。

艦長の松島剛蔵に無理をいって、江戸までの練習航海に出る藩の軍艦に乗り込んだものの、悪天候のために十日近くも狭い船の中に閉じ込められたままだった。

雨が小止みになり、いくらか風のおさまった日の午後、晋作はいらだたしさをあらわにして、艦長室にいる松島剛蔵を訪ねた。

「もう椿の花も落ちたでしょうね」

晋作は雨に煙っている船番所のほうを見やりながら、松島にいった。彼は机に向かって海図に線を引いていたが、手を休めずに答えた。

「椿の花か――もう落ちたじゃろう」

「艦長！」晋作は突然大きな声を立てた。「いい加減に船を出したらどうですか」

「なにィ！」と松島剛蔵は顔を上げた。「この波で船を出せばどういうことになるか、貴公にはわからぬのか。船のことはすべて、このわしが命令する。貴公が艦長になったら、貴公の自由にすればよかろう」

いつも柔和な松島剛蔵にそういわれて、晋作は首をすくめた。

「いや、ちょっといい過ぎたが、船に乗るにはそれくらいの慎重さが大事なのじゃ」

松島はもういつもの表情にかえっていた。飯田正伯と同年輩の彼は、長崎で蘭人から航海術の直伝習を受け、丙辰丸の初代艦長になったのである。

「ところで、高杉。井伊大老が暗殺され、時代の歯車は大きく廻りはじめた」松島はきっぱりと断言した。「貴公がどう思っているか知らぬが、激動の時こそじっくり構えることが必要だとわしは思う。歯車になる人物はいくらでもいよう。だが、その軸の役割を果たせる人物――そういう人間に、貴公にはなってほしいのじゃ」

「……」

「世の中には秀才といわれる人物は沢山いる。しかし、それだけでは軸にはなれぬ。貴公はかつて、はなれ牛といわれたことがあるそうじゃのう」松島はそういって、豪快に笑った。

「あれは、同僚の吉田稔麿の見立てですよ」

「いや、なかなか当たっているぞ……」

晋作は長い顔をしかめて頭を掻いた。それは、同輩の山県狂介の前で吉田稔麿が絵を描いてみせたときのことで、狂介の話に尾鰭がついて、いつの間にかひろがってしまったものだった。

「これはどういう意味じゃ？」山県狂介が頭をひねったすえに尋ねた。

吉田稔麿はにやにやしながら、次のように答えたというのだ。

「わからぬか。鼻輪を通さぬ離れ牛は高杉じゃ。やつはなかなか駕御できぬ人物だとわしは思う。坊主頭で裃姿の人物は久坂玄瑞だ。やつは廟堂に坐らせておくと堂々たる政治家というところだ。木剣は入江杉蔵じゃ。やつは偉いことは偉いがまだ本当の刀にはなっていぬ。まあ木剣というところじゃ」

「えらい辛いのう。で、この棒は……?」と狂介がいった。

「これか。これはおぬしにきまっとる」

山県狂介はそれから何日も、吉田稔麿とは口をきかなかった。山県にすれば、余程腹が立ったのにちがいなかった。

「はなれ牛か」松島剛蔵は茶をすすりながら笑った。「そのはなれ牛が船のうえで足止めをくっておる。なかなか面白い図ではないか」

「ひどいですよ、艦長」

晋作も仕方なく笑った。波の音が、笑いの間を埋めて続いていた。

翌朝、三本マストの丙辰丸は、十艘あまりの北前船を引き連れるような格好で、ようやく萩港を発った。船は下関から瀬戸内海まわりで江戸へ向かうのだ。

松島剛蔵に釘をさされて以来、晋作は『東帆録』という日記を書いていたが、日が経つにつれて、船足のあまりの遅さに少しうんざりしはじめていた。着いた先々の港で上陸しながら進む練習航海だから遅いのは当たり前だったが、加えて、細かい数字を並べ立てる仕事が、彼の、どちらかというと豪放な性格に向いていないということもあった。

「やはり、わしには向いてないのう。陸のうえを走りまわって、政治がどうのこうのというているほうが余程似合うているというものじゃ……」

紀州の沖合いで、晋作は筆を放り出してつぶやいた。磁石や測天儀などの使い方、海図の見方などもおおまかには覚えたものの、いったん嫌だと思いはじめると元には戻らなかった。

あれだけ固い決意をして船に乗り組みながら、ぶざまに挫折しようとしている自分を苦々しく想い、晋作はやけくそのように胸を張った。

〈なあに、船乗りは失格じゃが、海軍を手足のように使える人物になりゃァええんじゃ……〉

そう思うと、退屈で無駄なように見えていた船の上での二カ月が、とてつもなく貴重な時間だったように思えた。

萩を出たのはようやく水の温みはじめたころだったが、江戸に着いてみると、もう夏がはじまっていた。

4

「艦長、船とはどうも相性が悪いようですのう」晋作は苦笑しながら松島にいった。

品川で船を降りて、麻布にある中屋敷のすぐ近くまで来たとき、六尺もあろうかと思われる数人の夷人が、赤や青のけばけばしい服を着て、騒がしく喋りながら歩いてきた。人通りの賑やかな通りだったが、夷人の姿はひときわ目立った。体格の大きさもさることながら、通行人がなんとなく夷人を避けて脇へ寄りながら歩いているからでもあった。茶色い髪、青い目、毛むくじゃらの手——晋作は威圧されるものを感じながら、自分に鞭うつように、堂々と通りの真ん中を歩いていった。

「夷人は、この近くに住んでおるのか？」

入り込んだ茶店で、晋作は尋ねた。腰の曲がりかけた爺さんは、顔をしかめながら、アメリカのハリスが、近くの寺を宿泊所にしているのだ、と答え、晋作に憤懣をぶちまけた。

「どうして、こう、なにもかも高くなるんでございましょう。一斗四百文くらいだった米が、いまじゃ、倍近くしますで……。いや、きまってますよね。旦那。間違いもなく、四ツ足を食うっちゅう夷《えびす》どものせいでさ……」

「爺ちゃん！」娘が店の奥からとがめた。

「いいんだよ、娘さん。爺さんのいうことに間違いはない」

晋作は笑いながら立ち上がった。しかし、よく考えてみると、笑いごとではすまされないことだった。

井伊直弼が調印した安政条約は、幕府の無知を外国に利用されたきわめて不平等な条約で、外国に治外法権を認め、最恵国待遇の取り決めをしたのをはじめ、輸入関税率は不当に低いうえ、日本で決めることができないというものだった。

交易がはじまると、生糸を中心に茶、水油、海産物などが大量に持ち去られた。そして、生産の増大が輸出の増加に追いつけなかったために、国内の需要を充たすことができなくなり、輸出品を中心に米や生活に必要な品々までが異常に高騰していたのだ。

加えて、幕府の度重なる通貨の直増《ねまし》、つまり悪鋳が、諸物価の騰貴にいちじるしく輪をかけていた。安政条約がどういうものかなにひとつ知らぬ人々も、物の値上がりが夷人たちと無関係でないことを、鋭く見抜きはじめていたのである。

中屋敷に寄った晋作は、広い庭を、馬蹄の音を響かせてかけまわる騎馬訓練や西洋銃術の練習を興味深く見物した。

風をたよりの帆船が、外洋を思うままに航海できる蒸気船にかわり、軍艦には巨大な大砲が積み込まれているという。刀はやがて銃にとってかわられるだろう。思うところへ自由に移動できる、海に浮かんだ城郭――これをもって外夷は日本へ迫り、幕府は無理無体に条約に調印させられてしまったのだ。日本が鎖国のなかに閉じこめられていた間に、外夷の文明は手の届かぬほどの遠さへ進んでしまっている。日本はまさに、礎石を外された建物が音立てて崩れていくように、無残に瓦解しようとしているのだ。だが、むざむざとやつらには渡せぬぞ――視界をすばやく駈けすぎていく騎馬兵たちに夷人の顔を重ね合わせながら、晋作はひとり歯ぎしりした。

晋作はその日の夕刻、桜田の上屋敷へ入ったが、彼が海の上にいる間に江戸へ出てきていた久坂玄瑞が、大袈裟な身振りで迎えた。

「おぬしが丙辰丸に乗り組んだというので、いまかいまかと待っていたのだが、えらく長い航海だったではないか」

「いやァ、航海なんてものじゃない。まァ、これを見てくれ」

晋作は畳にひっくり返って、航海日記を投げ出した。

「ほう、珍しく日記をつけてきたのか。〈大丈夫、宇宙に生まれて、何ぞ久しく筆研につかえんや……〉、ほう大した意気込みじゃ」玄瑞は最初の頁から読んでいったが、途中で体をゆすって笑い出した。「なんじゃ、これで終わりか。初志はどこへいったのじゃ、初志は」

「それをいうな。まァ、そういうところじゃ」

「すると、もう丙辰丸では帰らぬのか」

「わしは、さしずめ水に入った豚ってとこじゃ。帰るも帰らぬもあるまい」

「桂どのにいえば、さぞかし大笑いじゃぞ」

二人が訪ねていくと、桂小五郎は単刀直入にいった。

「貴公が船に乗りたいといったのは方便にちがいあるまい。どうして江戸へ出るかを考えているところに格好な船があった……」

「それはひどい。父上に聞こえたら勘当ものですよ」

笑いながら祝杯を上げたあと、桂小五郎は声をひそめて告げた。

「実はのう、高杉。貴公の大嫌いな水戸の浪士たちと、ある盟約を結ぶ段取りをすすめているところなのじゃ」

「水戸と……!」

「そうだ。水戸では、徹底した外夷嫌いの連中が集まって天狗党なるものを作っている。井伊大老を斬ったのはその一味が中心らしいのだが、彼らがこういう申し出をしてきたのだ。井伊大老死後の幕閣の混乱に、さらに混乱を積み重ねる、つまり幕府の高官を斬るということだ。斬るほうは水戸藩で引き受けるから、長州藩は幕府の改革を引き受けろというわけだ」そういって、桂小五郎はにやりと笑った。

「なるほど、わが藩には都合はいいが、斬るんですか」

「長州に火の粉がかからぬようにさえやってくれれば、結構なことだとわたしは思っているのだが……」

晋作の意見はどうだ、と尋ねるふうに小五郎は語尾を長く伸ばした。なるほど、それで読めた、と即座に晋作は思った。大きなものを動かしていく才覚とともに、目的のためにはすべてを利用しようとする小五郎の狡猾さがぴーんときたのだ。

「あまり賛成ではなさそうだな」

「戦ならともかく、暗殺というような卑怯な手段を、わしはどうも好きになれませぬ。幕府を倒すなら倒すで、堂々と戦うべきでしょう」

「堂々と戦うって、どう戦うのじゃ？」今度は玄瑞が不服そうにいった。

「いや、わしのいいたいのは、暗殺をいくら繰り返したところで、幕府は倒せぬということじゃ。揺らぎはするかもしれぬ。が、そうなれば、彼らとて黙ってはいぬ。こちらもつけ狙われる――つまり、日本中が暗殺の巷と化すだけじゃ」

「いま、それが必要なんじゃ、高杉。松陰先生は、日本を乱世にせよといわれた。乱世にすれば必ず打つ手が考えられると……」

「なるほど、そういわれた。が、幕府を根底からひっくり返せるのは力じゃぞ。防長二国を徹底して富強にし、幕府に太刀うちできるだけの実力をつけてこそ、打つ手も出てくるのじゃ」

「防長二国で……、おぬし、それは夢というものじゃ」玄瑞はぐっと盃をあけた。「いま必要なことは、先生がいわれたように、草莽《そうもう》、つまり在野の人たちが力を合わせていくことだ。そして、多くの藩士をひきつけ、諸藩を動かしていく――これしかあるまい」

「それこそ夢ではないか」と晋作はやり返した。

「夢だと。おぬしのは夢の夢じゃ」

「ふたりとも止さぬか」小五郎は情なさそうな顔をした。「わたしは、そのどちらも必要だと思うが……」

「いや、諸藩にはそれぞれの思惑がある。おぬしのいうようなことは、とうてい不可能なことじゃ」

晋作は、盃を重ねている玄瑞を睨みつけた。玄瑞は困ったような表情で、うすい髭のあたりを撫でた。

まったく頑固なやつだ——と小五郎は思った。晋作がはじめて江戸へ出てきたとき、このままでは人の意見を聞かなくなると思い、彼は、松陰に宛てて忠告してくれるように書いたことがある。

ところが、大事業をなす者に頑質は無くてはならぬ、と考えていた松陰は、

〈——頑固な性質を矯《た》めようとすれば……、後日、大事業をなすのに是非とも必要な、強烈な意思力を失うことになる。高杉は十年後にこそ、大をなす人間である……〉

そう書いてきたのだ。小五郎は、松陰の、透徹した目と塾生を思いやるあたたかな心づかいを、この時ほど感じたことはなかった。

「すると、これからが楽しみだな」やがて、小五郎が口を挟んだ。「どちらが勝つか、わたしはずうっと見ていられるわけだ」

5

季節が秋へ移ろいはじめた八月末のある日、晋作は江戸を発って、水戸へ向かった。薄い雲間にときおり青空の見える、旅にはうってつけの日和だった。

丙辰丸を降りてまもなく、彼は藩邸役人に江戸滞留を願い出たのだが、二カ月もかかって結局不許可になり、同じ帰国するならと、関東、信州方面を廻ることにしたのだ。

櫟や楢の雑木林を抜けていくつもの渡しを越え、利根川の水郷を右に、筑波の峰を左に見て水戸へ辿り着いた晋作は、まもなく、五里ばかり西へ離れた笠間に加藤有隣を訪ねた。

加藤有隣は五十がらみの温厚な人柄だった。晋作が江戸でしばらく師事した大橋訥庵のように弁舌さわやかではない。口数は決して多いほうではないが、人の心をやさしく打つような話し方をする人だった。

「井伊大老亡きあと、安藤信正老中が、天朝に皇妹の降嫁を願っているということですが、いかがお考えですか？」

まわりが夕闇に包まれているのも忘れて、晋作は書斎に坐り込んでいた。彼の問いを静かに聞いて、有隣はおもむろに答えた。

「人心がすでに幕府を離れてしまったいまになって、天朝に頼り威信を恢復しようとしても、そうはいきますまい」
「……」
「わたしらが頼みとし、天朝の威信を盛り立てて、その強い力で外夷に対抗してほしいと願っていた幕府は、自ら墓穴を掘るように掘るようにと動いているように見えて仕方がないのです。やがて、幕府に代わる力が抬頭してくるでしょう。薩摩、長州ということになりますかな……」

有隣は少し淋しそうに笑った。その淋しげな笑いには、尊王敬幕に通じる思想を持ちながらも、冷めた意識ゆえに別の方向へ探り出ていかざるをえない有隣の苦悩が察せられた。現実を直視して、自分の思想を深めていこうとする有隣の態度に、晋作は腹の底から共感を覚えた。話は尽きることがなく、結局、晋作は三日間も笠間に滞在してしまった。

「貴公のような方なら、いつまでも滞在してほしいものです」別れ際に、手をさしのべて有隣はいった。

七言絶句の詩を呈した晋作は、いつかまた訪ねてみたいと思いながら、つぎの旅先である信州松代に、佐久間象山を訪ねていった。

象山は、吉田松陰の密航事件に連座して長い蟄居生活を送っていたので、人目を避けて、夜半ひそかに訪ねていくしかなかった。

部屋一杯にうず高く積まれた和洋書に囲まれて、夜半まで読書をつづけていた象山は、頬骨の張った長い顔に炯々たる眼光という異相で、晋作を睨むように迎えた。

松陰が野山獄に入っていた頃に貰っていた紹介状を手渡すと、

「そうか、松陰の弟子か」

象山は右上がりの、癖のある松陰の文字に懐かしそうに見入ったあと、晋作を相手に、国の行く末や西洋の科学について、滔々と、三刻にもわたって博識を披瀝した。

知識の豊かさに晋作は圧倒され、ただ聞いているほかなかった。

象山は最後に、晋作の年齢を尋ね、

「私は十五歳で一藩に、二十歳で隣国にまで名を知られ、三十歳では全国に名が知れ渡って、四十歳以降は世界に繋がっている。それなのに、きみは二十一にもなって一藩にすら名が知られていないのか」といって、乾いた笑い声を立てた。

数え年二十一歳になりながら、たしかに晋作はまだ何者にもなってはいなかった。

夜明け前に象山の許を辞去した晋作は、くそっ！　と叫んで門前の小石を蹴り上げたが、足先に鋭い痛みが残っただけだった。

やがて晋作は、師松陰の師匠に会うことができたのだと思い直し、

「西洋の科学、西洋の科学じゃぞ」

いかにもおかしそうに象山の口真似をしながら、まわりの高い峰に雪の見え始めた初秋の信州路を、北へ北へと歩いていった。

6

岩肌が山のように屹立した親不知の浜辺を、引き潮どきを狙って渡った翌日、海はひどく荒れた。遠い日本海の沖から寄せてくる波は目の前で不気味に崩れ、白く泡立った波が足許の岩に砕け散るたびに、氷雨のような塩辛いしぶきが避けようもなく晋作の身に降りかかった。海岸線に細くつづいている道は踊りかかる海水に洗われ、その朝履きかえたばかりの草鞋《わらじ》は、重くなっていまにも切れそうだった。

昨日まで見えていた佐渡は視界から去り、目のまえには能登の風景が開けていた。

福井まであと四日か——と頭のなかで計算しながら巨きな岩の突き出た角を曲がったとき、眼下に数百艘の船がひしめいている港がひらけた。新湊だった。

地酒の名を染めた暖簾のかかっている料理屋へ入った晋作は、小鯛の塩焼きに舌鼓をうちながら港のほうを眺めていた。天秤棒を担いだ女や荷を満載した牛車、薬売りの商人などがせわしげに行きかう港の賑やかさに気をとられていた彼の目の前に、不意に人影が立ちはだかった。

どこかで見た顔だが、と思いながら見上げていると、

「長州の高杉の旦那じゃございやせんか……」と男がいった。「お忘れですかい。仏の八兵衛

でございやすよ」

晋作は声もなく仏の八兵衛を見つめた。まさか、こんな北陸の港で逢おうとは思わなかった。

「いえね、時化《しけ》でこのざまでさァ」八兵衛は濃い髭を撫でて笑い、連れの男に命じた。「すぐに座敷に酒を用意しな。女もどっと呼んでおけ！」

「八兵衛どの、それは……」

「なァに、今夜はあっしにまかせておくんなさいよ。明日になりゃ、馬の背に乗せて、今日の分まで走らせまさァ。しかし……」と八兵衛は指を折っていった。陽灼けした赤銅色の肌はかつてのままであった。「二年見ぬ間に立派におなりだ」

晋作は残っている濁り酒を飲みほすと、草鞋を履きかえ、八兵衛について歩き出した。魚の臭いがぷーんと鼻をついた。そういえば、鰊の〆粕を積んでいたあの船もこんな臭いがしていた……

やがて、晋作はとある旅籠の広い部屋へ通された。

「旦那、ひとつ無理を聞いていただけませんかい」酒を注ぎながら、いいにくそうに八兵衛がいった。

「抜け荷の世話か……」

「いやですよ、旦那。あの話、まだ覚えていらっしゃるんですかい」八兵衛はペタッと額を叩いた。「実は、旦那へのお願ェの筋は、と、おーい安蔵はおらんか」

八兵衛が呼ぶと、十六、七の男が顔を見せた。体はそう大きくはないが、八兵衛に負けぬほどの髭面だった。

「こいつは、馬関で水先案内をしていた安蔵ってんですが、ひょんなことからあっしらの船に乗り込むことになりやしてね。若いのに似合わず、いい仕事をする奴で、へィ。ところが、おっ母さんが急病との知らせで帰らせることにしたんでやすが、京、大坂へは不案内でよう帰らねェと申すもんで、どなたか連れていってもらえるお人がねえかと探していたところなんで、へィ」

「仏の八兵衛どのの頼みだ。断るわけにもいくまいのう」

「お願ェします」安蔵は、そばに人の居ることも忘れたようにうれし涙を流した。

荒い潮風に老婆のように腰を曲げている松林の道を抜けて、横井小楠のいる福井の城下に着いたのは九月の末であった。

小楠は肥後藩士だが、越前藩主松平春嶽に招かれて、この福井へやってきていたのだ。松陰とも親交のあった小楠は、橋本左内が安政の大獄で斬られた後の越前藩にあって、藩政改革の指導的な役割を果たしていたのである。

「なるほど、きみのいうとおり、交易の害は歴然としている」五十を過ぎたばかりの小楠は、裃をつけた正装姿で晋作の目をじっと見つめた。「しかし、人々は鎖国の害についてはそれがあまりにも大きすぎるために気づかないでいる……」

小楠の話は一刻近くに及んだが、その精緻をきわめた分析と論理はまったく驚くばかりだった。

「太平の世が長く続くうちに大名の台所は拡がり、結局貧しい民が搾り上げられる。草の根や野びる、よもぎ、あざみなどを手当たり次第口にせねばならぬほど飢えた状態にある。開国は天地の道理だが、力で開かせようとする外国のやり方は道理にもとっているし、また交易による利益が幕府や一部の商人にひとり占めされているような現在の状態ではなにもならない。すみやかに幕政を改革し、早い機会に安政条約を改めるか破棄しなければなるまい……」

ひとことひとこと相槌をうつ晋作に、小楠は楽しそうに話しかけた。ともに開国論者で、西洋の科学をとり入れ、外国の侵略から日本を守るために強力な海軍を作らねばならないという主張も同じだったが、小楠には、象山のように傲岸なところはひとつもなかった。

「しかし、先生。幕府があくまで、条約を破棄しないとしたら、どうなさいます?」と晋作は反問した。

小楠は苦しげに顔を歪め、

「朝廷を擁し奉り、雄藩によって日本を動かすしかあるまい」と答えた。

「ですが、徳川はそうやすやすとはひきさがりますまい」

「そこじゃ、むずかしいのは……」小楠はじっと晋作を見つめた。「だが、道理にもとっている者が、いつまでも勝ちを制してはいられまい」

理屈ではそうだが、現実には、力がすべてを決するのだ、とこのときも晋作は思った。

辞するにあたって、彼は小楠に二幅の書を乞うた。ひとつは久坂玄瑞に持ち帰るつもりだった。

小楠は筆をとると、まず〈不如学〉と書いた。学ぶに如かず——と晋作は読んだ。

しばらく瞑目して考えていた小楠は、やがて静かな口調でいった。

「これは『十八史略』にある、直接的だが、なかなか味わいのある言葉だ……」

目の前に、力強い文字がひろがっていった。

〈臥榻之側豈容佗人鼾睡乎〉——臥榻《がとう》の側《かたわら》豈《あに》佗人《たにん》の鼾睡《かんすい》を容《い》れんや。そうか、自分の寝る寝台のそばで太いびきをかいている邪魔者がおれば、その存在を許すわけにはいかぬというのか。晋作は、物静かな小楠の奥底に潜ませている堅い意思を、はっきりと見せつけられたように思った。

二幅の書を手にした晋作は、三年間門戸を閉めて勉強しようと決心し、夕暮れた福井のまちを、安蔵の待つ旅籠へ帰っていった。できることなら、あと一日でも二日でも小楠のもとを訪れてみたかったが、郷里の下関に病母が待っている安蔵と一緒では、それもかなうことではなかった。

7

「ここに居れ」

安蔵を北船場の川岸に待たせて、晋作は広い通りを横切っていった。旅が終わりに近づいたことに安心して、大津、伏見の宿で散財しすぎたせいで懐が淋しかった。

「さすがは大坂の鴻池《こうのいけ》じゃ」晋作は立ち止まって、豪壮な屋敷を眺めやった。鴻池は、西国三十数藩の金穀調達御用を勤める豪商だった。台所が苦しくなった諸藩は、たいていこの鴻池などから膨大な借金をしていた。長州藩も例外ではなく、父の小忠太も、金を借りるために何度も大坂へ足を運んでいた。

屋敷の大きさからくる威圧感をはねのけるように、晋作は大股で歩き出した。そして、つかつかと帳場まで入っていった。

「主人に逢いたいのだが」

「どちらはんどっしゃろ?」

「長州の高杉といえばわかる」

男が奥へ下がると、入れ替りに番頭だという男が出てきた。やわらかな物腰だが、晋作が何者か疑っている目つきである。

「ちょいと、切餅ひとつ借りるぞ」

「二十五両と申されますと、主人と相談せんとあきまへんのやが、折悪ういま……」

「断ると申すのか！」

「い、いいえ、そんな……」

「押借りだと思うのはそちらの勝手だが、諸藩あっての金貸しのくせに、偉そうな口をきくとは許せぬぞ」晋作はわざと悪態をついた。「素性を明かして頼み込んでいる侍に、天下の鴻池ともあろうものが、たかが切餅ひとつ貸せぬのか――」

押し問答のすえ、年の暮れに大坂藩邸で返すという証文を書いた晋作は、十両を懐にして門のところまで出てきたのだが、一歩通りへ踏み出した途端、足許に水をぶっかけられた。

「無礼者め！」

まだ腹立ちのおさまっていなかった晋作は、勢いよく怒鳴りつけた。

「お、お許しください……」

通りに打ち水をしていた男は、頭を地面に擦りつけたまま詫びをくりかえした。

「謝まって済むことではない。首を出せー」

顔だけを上げて震え出した男は、安蔵と同じ位の年齢だった。晋作は斬るつもりなど毛頭なかったが、腹を立てているうえに水をぶっかけられた怒りがつい口に出てしまったのだ。

しかし、よく考えてみると、この男は鴻池の使用人に過ぎないのだ。この男に当たりちらしたところで筋違いというものだ、と彼は思い直した。

「もうよいわ」晋作は裾についている水の玉を手で払った。「ところで、鴻池からいくら貰っておる」

中腰で立ってきて袴の汚れを拭いはじめた男は、不意の問いに驚いた表情で晋作を見上げた。

「へえ、……わては年季奉公だすよって、食べさせて貰うてるだけどす」

「年季奉公？」

「へえ、八つの年に十五年奉公いうことで厄介になって、あと七年奉公せなあきまへんのや」

「……」

「親の借金をこうして返させて貰えるだけでもありがたいと思うてるのどす……」

そうか、世の中にはこういう人間もいるのか――十五年という長い年月を、ただ親の借金を返すためにのみ生きている人間が……。いや、馬や牛の代わりにただ働きつづけている、生きているともいえぬ男なのだ。怯えの去りやらぬ蒼ざめた面持ちで、必死に質問に答えている男が、なにか影のような存在に思えた。

借金をこうして返させて貰えるだけでもありがたいと思っている、と男はいった。怒りも悲しみも喜びも忘れ果てたような無表情で。こんな惨めなことがあってよいものなのか――と晋作はふと思った。自分はこれまで、富国だ、大割拠だ、倒幕だなどと大きなことばかりいってきたが、それとこの現実とはどうつながるのだ。いや、どうつなげていくのだ。自明の理だと思っていたことが、実は空虚な観念としてしか自分の頭には宿っていないことを彼は感じた。視界を閉ざす濃霧のように、それは白い闇であった。少し先の風景は見えているようでいて、おぼろげな像すら結ばないのだ。この闇をなんとかして翔ばなければならない。それが無理ならば、手探りしてでも向こう側へ出ていかねばならないのだ。〈不如学〉か——彼は、学ばねばならぬことがあまりにも多いことを腹の底から感じた。

瀬戸内の静かな海に白い帆を押し立てて、船が富海へ着いたのは数日後だった。

「さあ、ここからは長州じゃ。西へ西へと道をとれば、二日で下関へ着く」

「高杉さま。このご恩は一生忘れませんじゃ」

安蔵は急に元気づいてにこやかにいった。鴻池の門前で打ち水をしていた男のあきらめきった、重たげな表情とははっきりとちがう十七歳の若さが、はちきれるように戻っていた。

「さあ、そんなことより先を急ごう。母上にいっときも早う元気な顔を見せてあげるのが孝行というものじゃ」

晋作は妙にやさしい気持ちになっていた。

安蔵はうなずきながら、母親への土産だという布地と魚の干物を大事に抱えていた。

「これからは海が拓ける。親父さんに負けぬようにがんばって、ええ水先案内人になっておくのじゃ。きっと役に立つときがくるぞ」

「がんばってやりますじゃ」安蔵は何度も頭を下げた。「高杉晋作さまのお名前、決して忘れませんじゃ」

8

季節がひと巡りした文久元年の夏、晋作は三度目の江戸行きを命じられた。世子、つまり長州藩の世継ぎである毛利元徳《もとのり》に、小姓《こしょう》役として仕えるためであった。

桜田藩邸の蒸し暑い一室で、晋作は久坂玄瑞と向き合って坐っていた。障子は開け放してあったが、軒に吊るした風鈴は垂れ下がったままで、葦簾ごしにみえる中庭には、みるからに暑そうな白い陽の光がたまっていた。

「江戸へ着いたばかりのおぬしには気の毒だが、ひと働きやってもらわねばならぬ。まったく長井ってやつは、箸にも棒にもかからぬわ」玄瑞は、丸くやさしい顔にはげしい不満の色を浮かべていった。

「一体、どうしたのじゃ?」

「古語にもいう。巧言令色鮮《すく》なきかな仁、と。弁舌さわやかで表情たっぷりな輩にほんとうの人間は乏しいというが、長井雅楽はその好例だ。彼とはもう何回となく直談判しているのだが、藩論一致という大義名分を嵩にきて一歩も譲らぬ」

周布政之助までが、長井雅楽の航海遠略策にころりとやられているのだ、と玄瑞は憤慨した。

「公武合体を助けるような航海遠略策がなぜ良いのか説明してほしいといったら、周布どのは黙っていた。なにか考えるところがありそうな素振りだったが、せめて周布どのには、わしらの考えを理解してほしいと思っているのじゃ」玄瑞は溜息まじりにいった。

長井雅楽の策が藩是に決められたのは、晋作がまだ萩にいる頃だった。開国か攘夷かをめぐって混乱している国内を治めるために、朝廷から幕府へ開国の方針を命令せよというもので、公武合体を押し進めている幕閣にとっては渡りに舟だった。関ケ原に敗れ、外様の一大名として僻隅の地に押し込められてきた長州藩は、この策によって、はじめて政治の表舞台へ出ようとしていたのだ。

朝廷の内意をとりつけた長井の策は、すでに世子元徳を通じて老中久世広周《くぜひろちか》に届けられていたが、それを受け入れようとする幕閣も必死の構えをみせていた。井伊大老の死後に登場した老中安藤信正は、慶喜擁立派だった反井伊派の久世広周を老中に迎えて幕閣の強化をはかり、そのうえで和宮降嫁を願い出たのである。

公武合体――それは、十年以内に攘夷を実行する約束で朝廷を味方につけることによって、全国を席巻している尊王攘夷の動きを挫折させ、その名目を逆に幕府側に取り戻そうとするものだった。

公武合体が実現すれば、幕府は不死鳥のようによみがえるだろう。なんとしても阻まねばならぬ、と晋作は思った。吉田松陰は長井によって江戸へ送られ、幕府の手で殺されたのだ。仇を討つには絶好の機会である。

「あとひと月もすれば、藩主敬親《たかちか》侯が参勤交代で江戸へ来られる」と玄瑞はいった。「長井はいま江戸の状況を知らせに萩へ帰っているが、彼が江戸へ着けばおしまいじゃ。そこで、敬親侯の駕籠を伏見で止めて、長州藩主の名で和宮の降嫁を思いとどまるよう朝廷へ働きかけようと思うのだ。おぬしは小姓役でもあるし、世子元徳侯を説得してくれぬか」

「生温いのう。間部要撃策のくり返しではないか」

「では、どうするのだ？」

「長井を斬る」

「斬るって……、暗殺の大嫌いなおぬしがか？」

「朝廷を売り渡そうとするような輩は、斬って捨てるしかない」驚いている玄瑞に向かって、晋作はこともなげにいった。「わしが斬る。おぬしは善後策を立てるのじゃ。それから、周布どのや桂どのには絶対に知られぬように事を運んでくれ」

かつて、暗殺のような卑怯な手段は好きになれぬといい、三年間門戸を閉めて勉強する決心をした晋作が、長井を斬る、といったのだ。玄瑞が驚くのも無理はなかった。

江戸へ出てきた途端に長井の動きを聞かされ、玄瑞に引きずられた格好だったが、むろん、晋作は、狂気の沙汰であることを承知で長井を斬ろうとしていたのだ。それは、沈没することを知っていながら、嵐のなかへ船を出すのに似ていた。にもかかわらず、晋作は、自分にならできそうな気がしていたのである。

「よし」しばらくして、玄瑞は膝を叩いた。そして、独り言のようにつぶやいた。「問題は、いつ、どこでやるかじゃ」

やがて、心得たというふうに深くうなずいた玄瑞は、取り出した半紙に、指を折りながら長井雅楽の東上する日程を書きつけていった。

ひさしぶりに日本橋界隈をぶらつき、芝明神の境内を散歩して帰ってきた晋作は、土産の寿司をぶらぶら下げて、桂小五郎の部屋へ入っていった。

「なんだ、思いつめたような顔をしとるな」

開口一番そういって、小五郎は心配そうに晋作を見た。彼は黙ったまま寿司の包みを投げ出した。

「高杉。このごろは水戸は嫌いでなくなったのか」と、小五郎は寿司の包みをほどきながら笑った。「水戸藩士に会ったそうだな」

「だ、誰がそんなことを……」

晋作は驚いて顔を上げた。両国の小料理屋で水戸藩士に会ったのは二日前の夜であった。その男は、桂や松島剛蔵といっしょに水長の密約、いわゆる成破の約を結んだ水戸側の一人だった。

「やつが心配して連絡してきたのだが、彼の勘では、貴公が長井を斬ろうとしているのではないかというのだ。貴公の気持ちはわからぬでもないが、あまり無茶をするな」

「では、桂どのは、長井の周旋を傍観しろというのですか！」晋作は食ってかかった。

「そういうわけではない」小五郎は静かな口調を崩さなかった。「ちゃんと打つべき手は打ってある」

「……………」

「いまごろ、周布政之助どのが元徳侯にお目にかかって、最後の段取りをしている」

水戸藩士から晋作の様子を洩れ聞いた小五郎は、昨夜半、あわてて周布政之助を訪ねたのだ。

「なに、高杉が……！」周布政之助は思わず言葉を失った。

「高杉がわたしらにも内密で事を運んでいるとしたら久坂も一緒のはず。なんとかしなくては大変なことになりますぞ、周布どの」

周布は、口を固く閉ざして腕組みしたままだった。

「もはや猶予はできませぬ。ふたりとも将来の長州藩を背負って立たねばならぬ人物です。

放っておけば、獄に斬られることは目に見えています。周布どの、貴公がはっきりとした立場に立たれることこそが、ふたりを危険から救う道です」

「わたしが策に反対する立場に立ったとて、いまの長州藩の方針を変えることはできぬ。よし変えられたとしても、公武合体への動きを止めることはできまい。開国し、交易をひろめ、海外に進出して日本の武威をかがやかすことこそ真の攘夷だという〈航海遠略策〉の立場は、決して保守的でもなんでもあるまい。むしろ、攘夷攘夷と叫んでいる連中のほうが遥かに保守的ではないかな」

「では、周布どのは、高杉も久坂も棄てておけといわれるのですか……！」

小五郎は必死だった。その必死さにうたれたのか、周布政之助は急に苦しげな顔つきになった。

長い沈黙のあとで、やっと周布はいった。

「では、明日、元徳侯にお逢いしよう」

「………」

「わたしは久坂を連れて帰藩する。結果はどうなるかわからぬが、公武周旋をとり止めるように敬親侯に進言する。公武合体が幕府を強化するものだという貴公たちの考え、わたしもわからぬではない。幕府と朝廷との軋轢を除いて外夷に当たるべきだとする長井の説と、倒幕のためには幕府を強化してはならぬという、だから公武合体に反対するという貴公らの説との岐れ道に、いまさしかかっているのだということもわたしにはわかっているつもりだ。しかし、時というものがある。関ケ原のたたかいに敗れて、毛利家は徳川家康によって西国の果ての防長二国に閉じこめられてしまった。せめていま、敬親侯を晴れの舞台に立たせてあげたい――家臣としてそう思うのは当然ではないかな……」

「周布どのの気持ちは痛いほどわかります。しかし、長井どのの説によって一時的に長州が重んじられたとしても、幕府が強くなれば、また関ケ原のときと同じ憂き目にあいましょう」

「そうかも知れぬな」周布は意外にあっさりと引き下がった。「ところで、高杉のほうだが、来年早々に清国へ行く船がある。諸藩からも乗員を募集しているから、これに乗せたらどうじゃ」

「なるほど……」

小五郎は周布の周到さに驚き、高杉の件も取り次ぎを頼んで帰ってきたのだった。

「どうだ」と、小五郎は晋作の肩を叩いた。「周布どのにまかせておいてもよかろう」

「久坂も同道するというのなら、それでよいでしょう」

「まだ不服そうだな。ところで、貴公、清国を見てくる気はないか。いや、嫌なら別にすすめはせぬが……」

小五郎は、晋作の天邪鬼なところを知っていて、わざとそういういい方をした。

「別に行きたくはありませぬが」と答えながら、晋作は胸の中に小さな火がぽっと点ったのを感じていた。「命令とあらば仕方がありませぬ」

「それでは、命令を出すとするか」

まるで自分が命令を下すようにいって、小五郎は残っている寿司を頬張った。

晋作が、世子元徳から、上海へ差しつかわすとの内命を受けたのは、それから数日後のことである。

上海へ行く、それもいいかも知れぬ、と彼は思った。

当番の日に世子元徳に伴って遠乗りする玉川の堤には、見渡すかぎり彼岸花や月見草が咲き乱れ、目に入る風景はもうすっかり秋であった。

9

秋が一段と深まったころ、長井雅楽は、藩主よりも一足先に江戸へ着いた。肝心の周布政之助と久坂玄瑞がどうしたのか皆目わからなかったが、噂によると、ふたりは備後の鞆で長井と激論をたたかわせたすえ、帰国を命じられたということであった。

病気で到着の遅れていた藩主が江戸に入って二、三日後の朝、珍しく早く起きた晋作が竹刀を振っていると、門番があわただしく廊下を駈けてきた。

晋作は竹刀で、無雑作に門番の行く手をさえぎった。

「なんじゃ?」

「こ、これです」

門番は肩で息をしながら晋作の前に立ち止まった。手には一枚の紙片が握られていた。

「ほう、つけ紙か」

晋作はそれを手にとって読んだ。

〈長藩人長井雅楽と申す者、幕府に阿《おもね》り候て神州を夷狄に売り渡し候に付、其罪や許し難し。よって近日成敗仕り候也。水〉

誰が書いたのか、わざと醜く書いたような下手くそな文字が並んでいた。最後に〈水〉と水戸を想わせるように書いてはあるが、明らかに悪戯にちがいなかった。

「門に貼ってあったのか?」

「へえ、飯粒をこねて、斜めに貼ってござりました。〈水〉とは水戸でござりますか?」

「さあ。とにかく持ってってやれ」晋作は紙片を門番に返した。「さぞ、驚くことじゃろう。はっはっは……」

晋作はたてつづけにくしゃみをした。さきほど流した汗で少し寒気がしていた。部屋へ戻っていきながら、彼はふたつのことを考えていた。

ひとつは、久坂たちが説得し損なった長井雅楽をどうするかということだった。長井が老中久世広周のもとへ出かけていくのを見ても、桂小五郎は拱手傍観していた。そして、晋作にも嵐の過ぎるのを待てというのだ。

「すでに、和宮は京を出発したという噂だ。どうあがいてみたところでこれを引き止めることはできまい。どうじゃ、高杉、もっと先のことを考えようではないか。長州がこうして乗り出していくのを、黙って見ているような土佐や薩摩ではあるまい。必ず一波乱や二波乱は起きる。とにかく、貴公は上海へ行ってくることだ」

小五郎にそういわれてみれば、なるほどそうであった。周布が動いても変えられなかったのだ。自分がやるとすれば長井を斬るしかないが、長井ごときを斬って死ぬのも馬鹿々々しい——晋作はやっとそんな気になっていた。

もうひとつの出来事というのは、数日前、ある町角の高札場で、三枚の人相書を見たことだった。人だかりのうしろからふと覗き込んだ晋作は、あれ、と思った。そのうちの一枚に見憶えがあったのだ。人垣の前に出て説明書きを読んで見ると、なんのことはない、あの大火事の夜、小料理屋へ入り込んできた〈鬼熊〉という男であった。切り放しからまる三年も逃げおおせているのだ。幕吏を手玉にとってひょいひょいと山から谷へ、村から村へと渡り歩いている鬼熊の、頬骨の突き出た顔が目に浮かんだ。一体、どこに潜んでいるのだろうか。奴はたしか、渡世人だといっていた——すると、うまいぐあいに草鞋を脱いでいるのかもしれぬ。しかし、親分というのは大抵、一方では十手取縄を預かっていると聞いている。とすると、どこへ……。幕吏を向こうにまわして逃げまわっている鬼熊に、このとき晋作は、不思議に親近感を覚えた。それは、不自由ながら身軽に飛び歩くことのできる身への憧れであったかもしれない。あるいは、三日以内に獄へ立ち戻れという幕府の命令に命を賭けて抵抗している鬼熊への同感であったかもしれなかった。

「ちょっと出かけてくる」

部屋へ戻り、着替えをすませた晋作は、同室の男に声をかけてぶらりと外へ出た。別にどこへ行くというあてはなかった。麹町の寺の境内に、清国から渡ってきた虎が見せ物に出されていると聞いていたから、散策のついでに立ち寄ってみるつもりだった。

10

幕艦千歳丸は、十艘の小船に引かれて長崎の港を出ていった。荷積所の脇に立っている見物人たちの顔が、どれもこれも同じようになり、色彩のあざやかな町並みのなかに黒っぽい線になって溶け込んでいった。

晋作は船側に凭れて、早い朝の風に吹かれていたが、肩を叩かれて振り返った。まさか、こんな船の中で出逢うなどと思ってもみなかった伊藤軍八が、目の前に突っ立っていた。

「奇遇だな」といっただけで、伊藤軍八もあとは声にならなかった。

船が湾を出ると、ふたりは船室へ降りていった。

「長崎からか？」と軍八が尋ねた。

「いや、江戸からじゃ」

「江戸から！」軍八は目を丸くした。「今日は四月二十九日だから、すると、百日余りもこの長崎で待ちぼうけを食わされたのか」

「それをいうな、聞くと腹が立つわ。こう長うなるとは予想もつかなかったから、幕吏にも女をつけて大盤振る舞いをしてやったのだが、おかげですっからかんの空財布じゃ」

晋作は荷物の間の空いた場所へ寝転がった。こじらせている風邪がまたぶり返したらしく、この二、三日微熱が続いていた。

「おぬしとは四年半ぶりか。あの河上彦斎は、一体どういう奴じゃ？」

「あいつか。まあ、心底から攘夷攘夷のほうじゃ」と軍八は荷物に背をもたせかけていった。

「だが、きみには感心しとったぞ、大した度胸のある奴だとな。しかし、わしらが上海へ行ったと知ったら、奴は怒るぞ、高杉」

そうかも知れぬ、と晋作は思った。ちょっと周囲を見廻しただけでも、根っからの外夷嫌いがいっぱいいるのだ。

この一月、老中安藤信正を坂下門外に襲い、手傷を負わせたのも水戸の連中だった。こうした動きのなかで、二月には和宮と将軍家茂《いえもち》との婚儀が行なわれたのだが、幕府と尊王攘夷派の志士たちとの対立はますます深まっていく様相を見せていた。薩摩藩の島津久光が兵一千を率いて上京したのは、つい一カ月前のことである。

「大坂から長崎へ来る道中、上京する何十人もの侍たちに逢うたが、耳にしたところでは、志士たちは薩摩軍を幕府を問罪する兵力にするのだとかいうていたが……」

「薩摩がそのような冒険をするか。たかが一千の兵でなにができる」

「そういわれればそうだが……」軍八は口を突き出してうなずいた。

いったんは長井雅楽を斬ろうとした晋作である。そのような動きに無関心でいられるはずはなかったが、晋作を無理矢理引き剝がすように、千歳丸は刻一刻と日本を離れていた。

船には、通詞や外国人の水夫も含めて五十一人が乗り組んでいた。

玄界灘と東支那海の時化をどうにかこうにか乗り切った千歳丸は、船酔いや水の欠乏で死んだようになっている数人の侍たちを介抱する手立てもないまま、七日後、ようやく上海の港へ辿り着いた。

「凄いのう。まさに檣花林森《しょうかりんしん》というやつだ」目をぱちくりさせて、伊藤軍八がいった。

港は船で埋まっていた。大小さまざまな船がせわしげに行き交っている。

波止場には商館が軒を並べていたが、その西洋館の屋根の高みで風に鳴っている国旗が、晋作には異様に鮮烈に見えた。西洋館がきわだって大きかったせいもあるが、東洋という語感からくる先入観を、ものの見事に打ち破られた驚きであった。

すぐ近くで砲声が聞こえたのは、翌日の朝だった。

清朝政府と争っている太平天国軍が上海へあと三里のところまで迫っているのだという。うまくゆけば実戦が見られるかもしれない、と晋作は胸を踊らせたが、砲声は近づくかにみえて、どこへともなく消えてしまった。

彼は、伊藤軍八と一緒に街へ出た。軒並に外国人の商人が大きな店を構え珍しい器械を売っていたが、高くて手を出せそうになかった。

「おい、高杉。あれを見ろ」伊藤軍八が立ち止まっていった。

「なんじゃ。有料の橋ではないか」

「いや」と軍八は晋作の肩を引いた。「よく見ろ。金を払うているのは支那人だけじゃ」

奇妙な光景だった。満州の風俗である弁髪姿の男が、背を丸めて金を払っているそばを、茶色い髪をした大柄な男たちが談笑しながら通っていった。

孔孟を生み出し、日本に大きな文化を移し植えた支那の威光はいったいどこへいってしまったのか——臭気のはなはだしい街路にたたずんで、晋作は深い悲しみにとらえられた。そして、自分が英国かどこかの国へ来ているような錯覚を覚えた。

その足で書坊と呼ばれる本屋を訪ねたが、話が通じなかった。仕方なく、晋作は筆談をはじめた。

「我日本書生、少解貴国語。問答憑筆幸甚々。(私は日本の書生で少し貴国語がわかるが、問答を筆談でできればありがたいのだが)」

なまず髭を伸ばした赤ら顔の書店主はじっと半紙を眺めてから、二、三度うなずき、晋作たちに笑いかけた。

「乞説明長髪賊。(長髪賊のことを教えてほしいのだが)」

李周白という名の書店主は、はじめ教えることを渋っていたが、晋作がくどく問い返すので、やむなく筆をとった。

「丁度二十年ほど前、二年間にわたって発生した阿片戦争で、清朝つまりわれわれの国は極度な衰微に追い込まれた。この機に乗じて広東《カントン》の耶蘇教徒洪秀全たちが蜂起したのだ。蜂起軍は、排満興漢を旗印に不平分子や仕事のない者、貧しい農民などの怒りを組織した。洪秀全は、国号を太平天国すなわち貧富の差のない地上の天国を実現すると宣言して、香港の近く広西《カンシー》省に蜂起したのだ。いまから十年前のことになる」

「その戦争が、いまも続いているのか？」

「そうだ、彼らは揚子江に沿って東下し、二年後には南京を占領するというすさまじさだった」

「蜂起軍のことを書いた本はないか？」

晋作が尋ねると、李眉白は頬をふるわせて手を横に振った。

「もう一つ尋ねるが、その後反蜂起軍に加担したという英仏軍が得たものは何だ？」

「昨年、北京条約が結ばれ、われわれの政府は公使の駐在を認めるとともに、英国に九龍を譲り渡してしまった。これでまた、われわれは苦しむことになる。知識ある人は、外国と対等に話のできる力のある政府を作ることが必要だといっているが、わたしには、どうしてよいのかわからない」

どうしてよいのかわからない——李周白は暗い表情で書きつづった。

農民たちを組織して、清朝や外国の軍隊と十年にわたって闘っている洪秀全という男が耶蘇教徒であることに、晋作は深い興味を覚えた。耶蘇教は警戒しなければならぬと考えつづけてきた自分との間になんと距離のあることか——外国の宗教を信じながら外国の支配とたたかっているという洪秀全とはいったい何者なのであろう。外国の力に屈してしまった清朝の改革を求めて、農民たちとともに立ち上がったという洪秀全——その人物画を見たこともなければ、なにもわからない人物だったが、それだけに晋作は、許されることなら数十里の荒野を突っ走ってでも、ぜひとも逢って帰りたい衝動にかられた。

それから二カ月の間、晋作は、清国政府の西洋銃による練兵を見たり、これまでの先込式とはちがう元込式の大砲を見学したり、上海の交易状況を調べたりして過ごした。

雅への土産に紅色あざやかな花瓶と竹細工の手箱、香炉などを求め、奮発して短筒と七連発銃を買って、帰りの船に乗ったのは七月の初旬だった。

彼は帰りの船の中で、かつて諸国を歴遊したときに佐久間象山や横井小楠の語ったことをくりかえし想い出していた。海軍をつくるための、交易のための船を、彼は買いたいと思った。

長州藩にはいま二艘の帆船がある。晋作が航海実習に乗ったことのある丙辰丸と庚申丸である。だが、上海で見た外国の船とは比べものにならぬ貧弱なものだった。これでは交易による富国強兵も尊王攘夷もあったものではない——彼の頭の中はこの考えに占領されていた。

長崎で千歳丸を降りると、晋作は蒸気船を探し歩いた。ちようど頃合なオランダ船が売りに出ていた。値段は少なくとも二万両はするということだったが、彼は矢も楯もたまらず買う約束をした。

契約書を受け取った晋作は、

「金は、すぐに萩から届けさせる」

半信半疑のオランダ商人に力強くいつて、大急ぎで萩へ帰ってきた。

晋作が、二万両もする蒸気船を無断で買ってきたことを聞くと、それまで上海の話に熱心に耳を傾けていた国家老の福原越後は、

「高杉、冗談もほどほどにされよ」といって、へらへらと笑った。

彼は、懐から契約書を取り出し、福原越後の前に広げてみせた。

「いまや国家危急のとき、一艘の蒸気船もなくして、どうして国難を切り拓くなどと大それたことがいえますか。ご家老どの。撫育金から出して下され。たしか、六万両はあると聞き及んでおります」

撫育金は、下関の越荷方《こしにかた》、つまり交易の儲けを別会計にして積み立ててある金で、武備や藩士の養成にかなり自由に支出されていることを、晋作は、父の小忠太から聞いていた。

福原越後は目をカッと見開いて契約書を読み、そばに控えている手元役にまわした。福原の表情が急にひきしまり、青筋のふくらんだ顔面はみるみる蒼白になっていった。

「これはならぬ、これはならぬぞ」と福原越後は怒りに震える声でいった。「二万両もの金となると、殿にお伺いを立てねばならぬが、藩財政からみて、とても船など買うている余裕はあるまい」

「船など、とはどういう意味ですか！」

「いや、とにかく、この契約はすぐさま破棄されたい」

「破棄ですと！」晋作は片膝を立てて詰め寄った。「大の男が交した契約、破棄なさるのなら、この晋作を斬ってからにされたい」

「これ、控えぬか！」手元役が怒鳴った。

手元役と晋作の双方を手で制して、福原越後が口を開いた。

「貴公がそこまでいうのなら、一度相談はしてみよう。藩として、よきようにはからう」

「いいえ、船を買うというてもらえるまでは断じて動きませぬ」

「とにかく、貴公には江戸行きの命令が出ている。すぐに発たれるがよいわ」

「いや、ご辞退する」晋作はきっぱりといい切った。

結局、福原越後は、船を買えるように金の段取りをして藩主に進言する、買うかどうかはっきり決まるまで江戸行きの命令は延期する、というふたつのことを晋作に約束せざるを得なかった。

雅の淹れてくれた茶をすすりながら、晋作は机に向かっていた。一カ月近くなるのに、蒸気船買入れの一件は金の段取りがつかぬからといっこうに決まらず、彼は京に藩主とともにいる桂小五郎にあてて、敬親侯へとりついでくれるよう書状をしたためていたのだ。

〈――清国の此くの如く衰微せしは何故ぞと看考仕り候に、畢竟、彼れ外夷を海外に防ぐの道を知らざるに出でしことに候。其の証拠には、万里の波濤を凌ぐの軍艦、運用船、敵を数十里の外に防ぐの大砲等も製造させず、彼国志士の訳せし海国図誌なども絶版し、……敵を敵地に防ぐの大策なき故、此くの如く衰微に至り候こととなり。……我が日本にも、すでに覆轍を踏むの兆しあれば、すみやかに蒸気船のごとき……〉

「お城からお使いのかたが見えましたが……」

雅が晋作を呼びに来たのは、そこまで書いたときだった。座敷に入っていくと、顔も見たことのない男が坐っていた。

「これを、お渡ししろとのことでございました」男はうやうやしく一通の書状を手渡した。

それを読みはじめた晋作の顔はにわかにかき曇った。

「だから、因循だというのじゃ……！」

彼は吐き捨てるようにいった。男はびっくりして晋作を見たが、別に男にいったわけではなかった。書状には、オランダ商人のほうから契約を解消したい旨、長崎にいる長州の産物方役人に連絡してきたことが手短にしるされていた。

「雅。長州という国も大したことはないのう」

男を送り出してから、晋作は畳に大の字に寝転がった。

「なぜでございます？」

「たかが、蒸気船の一艘もよう買わぬ」

晋作は中庭へ出ると、太い柱を一本探し出してきて、白壁の土塀に立てた。

「雅。いまはもう風まかせで走っている時代ではないのじゃ。ようく見ておけ、こういう時代だということをな」

懐から黒光りした短筒をとり出すと、晋作は狙いを定めて引き金を引いた。弾丸はまともに材木に突きささり、破裂音とかすかな煙だけが暑そうな夏空へ昇っていった。

Ⅲ 血盟

1

藩主毛利敬親に帰朝報告をするために京へ立ち寄った晋作は、父の小忠太が直目付に任ぜられたこともさることながら、世の中のあまりの変わりように驚かされた。

千歳丸に乗り込むころ、あれだけ騒いでいた〈航海遠略策〉のことなど、まるで遠い昔のことのように誰も口にしないのだ。

「殿から聞いたかも知れぬが、藩是も破約攘夷へと変わった。朝廷を誹《そし》ったかどで失脚した長井どのには気の毒なことじゃ」

「………」

黙って坐っている晋作を相手に、彼が不在の間に起きた出来事を小忠太は静かに話して聞かせた。やがて重職につくはずの息子に問いかけるような控えめな話し方だった。

「しかし、公武合体も結果的には叡慮から出たことではありませぬか」

「いや、殿がお尋ねになられたところ、孝明天皇には、安政以来の攘夷の方針はいささかも変わっておらぬ、と仰せられたそうじゃ。安藤老中が幕閣を退いたあと、島津久光侯の進言で、一橋慶喜侯が将軍後見職に、越前松平春嶽侯が政事総裁職に任ぜられたと聞いている。そこへ、土佐藩主山内容堂侯が入京し、攘夷の勅命をたずさえて江戸へ行こうとしているわけだ。長井どのにかわって、周布、桂が機密に参与すべしとの命を受けたが、長州の人気は悪うなるばかりじゃ」小忠太は嘆かわしそうに溜息をついた。

「江戸では公武周旋、京では攘夷というわけですか……」晋作も思わず苦笑した。

久坂玄瑞たちの執拗な追撃に逢って長井雅楽は退いていったというが、力によって変えられた叡慮とはいったい何なのだろう、と晋作は思った。叡慮、つまり天皇の意思なるものは、絶対的に見えながらも時の流れに激しく揺さぶられているのだ……

逢いたいと思っていた桂小五郎は、世子元徳にしたがってすでに江戸へ下ったあとであった。小五郎のあとを追って東下した晋作は閏《うるう》八月初旬に江戸に着き、江戸在勤学習院用掛という仕事を命じられた。学習院は皇族や公家の学問所として設けられたものだが、この頃には、朝廷と諸藩との政治折衝の場に当てられていた。上海を訪れて新しい知識を身につけてきた晋作をその要員に起用することによって、長州藩としては、朝廷工作を有利にすすめようとしていたのである。

「諸藩との連繫がより一層重要となっている時期に貴公が来てくれて、大変ありがたい」と小五郎はいった。

「わしは、折衝など大の苦手です」

「苦手などとはいっておられんのだ」

「では、はっきりいいましょう」晋作はごくりと唾を飲み込んだ。「わしは京で、殿が公家の間でさかんに破約攘夷を説いておられるのを見てきました。が、いったいどのようにして破約攘夷をやろうというのです？」

「……」

「彼らの軍艦や武器がどれだけ優れているか、桂どのには十二分にわかっているはず。結局は敗れ果てて、彼らの属国にされてしまうのが落ちです。外国人にこき使われている清人のみじめさは、わしはもうたくさんです」

「では、高杉はどうしようというのだ？」

「腹の底から攘夷をやる気なら、いますぐに軍艦、武器を大量に買い入れ、防長二国をそのために放り出す覚悟を決めて、あらゆる力を藩の戦力を蓄える方向にこそ向けるべきです。かつて横井小楠どのがいわれたことがありますが、現状では、船に乗って陸でたたかうようなものです」

「……」

「そうではありませぬか。防長二国、四民すべてが心底から破約攘夷をするという決心なら、まず両殿様が国元へ帰り、わしたちもみんな国へ帰り、迎え撃つ準備をこそすべきです」晋作は、自分の想いのすべてを小五郎に叩きつけるように激しい口調でいった。「それをなんですか、藩の高官が公家の間をうろちょろし、議論をしてはちっぽけな幕吏の失敗をつついている。こんなことが一体なんの役に立つのです。決死の覚悟もなく、ただ口先だけで攘夷攘夷と勇ましいことをいっているような輩は、わしには功名勤王だとしか思えませぬ」

「功名勤王だと……」

「そうです。真の勤王にならねば、外夷はおろか幕府すら倒せぬでしょう」晋作は興奮した口吻でいった。「桂どの、この際両殿様はすぐに国元へ帰り、もっぱら藩政の改革、富国強兵につとめていただき、長州一藩でもって天下に事を行なえる実力を養うように取りはからっていただけませぬか」

小五郎はじっと目を瞑ったままだった。彼は、好き放題にいいまくる晋作にいくらか腹を立てていた。だが、彼はすぐに思い直した。情勢のあわただしさに引きずられて、この半年江戸へ、京へ、と走りまわっているうちに、その目まぐるしさに飲み込まれていたのかもしれない……。上海という地を直《じか》に見てきただけあって、高杉の意見は正鵠を得ている。といっても、いますぐというわけにはいくまい。朝廷が破約攘夷へ傾いたとはいえ、薩摩はあくまで公武合体だ。土佐もどうなるかわかったものではない。いましばらく、このままの姿勢を続けるしかあるまい。政治折衝を重ねながら、水戸や諸藩の尊王攘夷派を少しでも強力なものに育てておくことだ……

そこまで考えて、小五郎はやおら口を開いた。

「上海というところは、余程きびしいところと見えるのう」

晋作には、小五郎がなにをいおうとしているのかわからなかった。わかったのは、小五郎がまともな話を避けようとしていることだった。彼はつかつかと立っていくと茶碗に酒を注ぎ、腹立たしげに一息に呷った。

2

髪に白いものが増え、いくらか年老いたようにみえる加藤有隣は、親子ほども年齢のちがう晋作が突然玄関先にあらわれたのを見て、驚きと喜びの入り交じった顔をした。

「いつ江戸をお発ちなされた？」

晋作を書斎に案内しながら、有隣は尋ねた。

「いや」晋作は頭を掻いて苦笑した。「実は脱藩してきたのです」

「脱藩とな。それはいかん」有隣は顔をくもらせた。「世子の側に仕える身であれば、罪は重うござるぞ」

「若殿には、しかるべく意見を書いてきました」

「意見書を。ならば、その答を聞いてからにすればよかろうに……」有隣は声をあげて笑った。「では、聞こうか。その亡命の一件とやらを……」

晋作が、話を聞いてほしくてわざわざ笠間へやってきたことを見抜いているように、有隣は、うず高く積まれた書物を背に坐りなおした。

半刻ちかく、有隣はおもむろにうなずきながら、晋作独自の発想になる〈大割拠論〉に耳を傾けた。長州藩を倒幕運動の作戦基地にして、国ごと滅ぶ覚悟で天下をとる――つまり、肉を噛ませて骨を斬ろうとするものだった。有隣は、ときには感心したように、二十三歳になったばかりの晋作を見つめた。

「ほう。なかなかのご高説だ。大割拠とかいわれたが、防長二国を投げうつ覚悟で富国強兵につとめよといわれるか……」有隣は腕組みして首をひねった。「その卓見に誰もついてこない。そこで、やむなく、累を藩に及ぼさぬために、身軽になって事を起こそうというわけでござるか」

「そうです。破約攘夷などということができぬことはわかりきっています。しかし、水戸浪士の東禅寺襲撃に続いて薩摩藩が生麦事件を起こし、加えて朝廷が攘夷へ攘夷へと動いている現状では、外夷との一戦は避けられぬ、とわしは踏んでいます」

「おそらく、そうなるであろうな」

「そこでです、先生。わしは、開国と倒幕を一緒にやりとげたいのです。つまり、外夷との一戦が終わったあとには、幕府との対決が訪れるのは必定。幕府の武力に対抗できるだけの力をいまから準備しておかなくては間に合いませぬ」

「………」

「それで、わしはこれから、夷人を斬って斬って斬りまくってやろうと思っているのです。開国すべきだと考えているわしが、夷人を斬るなどとは気狂い沙汰だと先生は思われるでしょう。むろん、自分でも狂挙だと思っています。が、これならば、みんなついてきます。幕府の外交折衝を困難にして彼らを窮地に追い込むことがひとつです。もうひとつは、外夷の報復に備えて、諸藩は競って強兵の策をとらざるを得ません。むろん武士だけではなく、清国の太平天国軍のように、四民にいたるまで外夷とたたかわねばなりますまい。この力こそが、幕府を倒せる力です。このことに、わしは一身を投げ出す心算です」

「ふうむ。……たしか、あなたが来られたのは二年前だった」有隣は、かつて晋作が書き残していった漢詩の稿を探し出し、机上にひろげてみせた。「正直なところ、こんなに成長されるとは思ってもみなかった」

「………」

「ただ、ひとことだけいわせてもらおう。それだけの遠い見通しをもっておられるあなたが、困難を避けて通られるとはどういうことかな。そこにとどまることが辛ければ辛いほど、その場所が大切なところだ。つまり、いまは耳を貸さぬ者どもを説得し、ともに事を起こす。これを長州藩の中にいてやることだ。でなければ、長州一藩で幕府を倒せる力を作ろうという折角の大割拠論が死んでしまうというものでござろう。逃げ出すことは誰にでもできる。しかし、その辛さを我慢してこそ、次の局面が開けるのですぞ。一身を投げ出す決心をされたあなたなら、辛抱できぬはずはござるまい」

痛いところをつかれて、晋作は照れ隠しに耳の穴をほじくった。

「……しかし、もう国元の父にも書き送りました」

「そんなことならどうとでもなる。わたしから、桂小五郎どのへとりなしを頼んでみてもよい。要は戻るか戻らぬかだ。あなたのような人物を失えば、長州藩は、いや日本は、大きな損失を蒙りますぞ」

有隣は、別におだてているわけではなかった。晋作の成長ぶりに、有隣のほうが驚き、心底からそういっているのだった。

「どうされる？」

「はい。藩に戻ってやり直してみます」

口を真一文字に結んで、晋作は深ぶかと頭を下げた。

「うむ。それでは、一世一代の名文で達筆をふるうことにいたそう」

有隣は顔を上げた晋作ににやりと笑いかけ、ひと磨りひと磨りを楽しむふうに墨を硯に這わせた。

3

樹々がようやく色づきはじめた江戸のまちへ、晋作はまた風のように帰ってきた。加藤有隣からの手紙で、桂小五郎や周布政之助が世子元徳へとりなしてくれ、亡命の一件はことなく済んだ。

久坂玄瑞が江戸へやってきたのは、ちょうどこのころだった。朝廷は、幕府に開港の約束を破棄させ、ひたすら外国人を近づけないようにという破約攘夷の方針を決めていたが、その実行を幕府に促すために、勅使三条実美《さねとみ》、姉小路公知《きみとも》が、土佐藩主山内容堂の率いる五百の兵とともに東下してきた。玄瑞は、土佐の武市《たけち》端山とともにこの一行に加わってやってきたのだった。

晋作はさっそく玄瑞をつれて、有備館に居る志道聞多《しじぶんた》を訪ねた。むろん、横浜の外人居留地を襲う下相談であった。

「斬るのか?」志道聞多は、拭いていた抜き身の太刀を、二度ばかり上から下へ振りおろし、宙に止めた刀の切先を見つめていった。

聞多は、晋作より四つ年上だが、いたって気の若いところがあった。最近まで世子の小姓役をつとめていたのだが、解かれて海軍修業をしている気楽な身分だった。

「わしが偉うなったら、おぬしを蔵元役にしてやる」

晋作はいつかそんな冗談をいったことがあった。聞多は、同僚の誰もが驚くほど際立って金の工面の上手な男だった。

「なにしろ、のろい幕府の尻を叩くには、斬るしかあるまい」

「それは、そうだが……」聞多は煮えきらぬ表情を晋作に向けた。

「叡慮だぞ」と、晋作はことさらに強調した。

「よし、わかった」聞多は、こんどははっきりといった。

「それで、いつじゃ？」

「十一月の十三日に、英米公使らが金沢へ出向くそうだから、これを襲う。したがって、十一日の晩、品川の青楼〈土蔵相模〉へできるだけ多く集めてくれ」と玄瑞がいった。

「他言は無用だぞ」晋作が念を押した。「周布どのらに知られると事が面倒になる」

志道聞多はこころなしか蒼ざめた顔で、ふたりを見送った。

それから数日後――〈土蔵相模〉には十二人が顔をそろえた。床柱を背にして晋作が坐り、左右に、玄瑞、聞多、松陰の指図で梅田雲浜救出を企てたこともある赤根武人などが居流れていた。

「おぬしらも知っているように……」晋作はどんと太刀の鞘を畳に突っ立て、居並んでいる同僚の面々をひとわたり見渡した。「薩摩藩は夷人を斬り捨てたあの生麦事件で、一挙に攘夷の先鞭をつけた。尊王攘夷派の志士たちを上意討ちにした寺田屋事件を見るだけでも、薩摩の本質は明らかだが、世間の人気は薩摩へ向いている。われら長藩士たるもの、薩摩の後塵を拝するわけには参らぬ。いまこそ夷人を血祭りにし、弊藩の名誉を恢復するとともに、幕府に攘夷の決行を迫るべきではないか……」

むろん、誰にも異存のあるはずはなかった。夷人を斬ることの無意味さを最もよく知っているのは晋作だったし、他の誰もが、夷人を斬ることを当然だと考えていた。

神奈川の〈下田屋〉へ旅籠を移した一行は、決行の日の夜半すぎ、表戸をはげしく叩く音に起こされた。

階下がにわかにあわただしくなり、やがて、階段を駈けのぼってくる足音がした。

「お客さま、お使いの方がお見えになりましたが……」細い、しかし張りつめた声で女中がいった。

「だれじゃ？」障子を閉めたまま、晋作は返した。

「三条さまから久坂さまへのお使いだそうですが……」

「なんだと……」

玄瑞は障子を開けて廊下へ出、晋作たちは太刀に手をかけてあとにつづいた。

「おい、どうする？」受け取った書状を素早く読みとって、玄瑞は晋作の出方をうかがった。

「三条と姉小路からだが、幕府が破約攘夷の方針を受け入れる用意があるから、敢て混乱を起こすべきではない、というのだが……」

「おぬしらは……？」

「土佐藩士にござる」

「土佐だと！……」

晋作は不機嫌なまなざしで、目の前に立っているふたりの侍を見た。

「早くご用意を。幕吏たちが警戒をはじめてござるゆえ……」

侍は晋作たちを急き立てた。もはや、実行の余地は残されていなかった。

「さあ、ゆくぞ！」晋作はやにわに太刀を抜くと、街道へおどり出た。

「なにとぞ、お帰りを……」侍が、あわてて声をかけた。

「わかっている」晋作が怒鳴り返すと、〈下田屋〉の軒下で待ちかまえていた人影が引きさがった。幕吏の襲ってくる気配はないようだった。

一行は、まだ暗い朝の街道を北上した。

神奈川の町はずれまできたとき、北のほうから近づいてくる蹄の音が、静かな大気を引き裂いた。二騎の馬は一行の近くまでくると歩をゆるめ、やがて止まった。

「高杉か？」馬上の男がいった。聞き覚えのある声だが、暗くて誰だかわからない。晋作が押し黙っていると、

「わしじゃ」と男はまたいった。「山県半蔵じゃ」

そういえば、嗄れた太い声は山県半蔵にちがいなかった。

「せっかくの決起を止めるとは何事です！」晋作は食ってかかった。

「元徳侯が大森の梅屋敷で待っておられる。若殿の命令じゃ、とにかく参られよ」

馬上のひとりを先に梅屋敷という料亭へ走らせ、馬を下りた山県半蔵は、手綱を引いて一行と並んで歩き出した。

半蔵がいったように、世子元徳は大森梅屋敷の広い庭を何度も行ったり来たりしながら、一行の到着を待っていた。

晋作たちが姿を見せると、元徳はにわかに明るい表情をとり戻し、すぐさま部屋へ招じ入れた。

「余は、その方たちのこの挙を咎める気持ちは毛頭ないのじゃ」元徳は丁寧にいった。あわてて飛んできたらしく、衣裳は木綿の平服のままだった。「折角の企てを果たすことができず、まことに残念であろう。しかし、余の耳に入った以上放っておくわけには参らぬ。……もし、幕府があくまで朝命を奉じられぬというなら、余は自ら攘夷の陣頭に立ち、大義を貫く覚悟じゃ。大義を果たそうとするのなら、どうか余とともに行動してくれぬか。不才微力の余をどうか補佐してくれ。たのむ……」

元徳の顔に微笑が戻ってきた。そして、目が燃えるように輝き出したのである。ようし、これでよい、まず若殿に攘夷の決心ができたようじゃ。つぎは殿の決心を促し、ふたりを国元へ帰すのだ——晋作は、一行のなかから感きわまって嗚咽が洩れはじめるなかで、ひとり顔を上げていた。

やがて、山県半蔵や数人の土佐藩士を交えて酒宴がはじまり、にぎやかになったところへ周布政之助がひょっこり姿を見せた。ずいぶんと飲んできたらしい顔の赤さだった。

晋作は、いくら飲んでも酔わなかった。酔ったふりをして剣舞をやってみたりしていたが、元徳がなぜ今日の計画を知ったのか、そのことばかりを考えていた。こんなことでは何もできぬ、と彼は思った。三条、姉小路、その使者の土佐藩士、山内容堂、元徳——この線だな。とすると、久坂あたりが武市端山へ洩らしたのだ。長州藩士を使者に立てて、薩摩の寺田屋事件の二の舞になることを恐れた元徳は、三条へ手をまわして使者を立て、じきじきに出馬してきたのか。とすると、攘夷を幕府に実行させようと東下してきた土佐とは何者なのだ。……そうか、ひとときの功名勤王、つまりまやかしの攘夷の姿勢をとっているにすぎないのか……

大きな盃を手にぐるりと一巡してきた周布政之助が、そのとき、晋作の肩に手をかけて立ちあがった。周布は、元徳のほうへ軽く頭を下げるとふらつく足で馬のところまで行き、二、三度試みてやっと馬の背にまたがった。

「周布は、酔うている時のほうが上手じゃ」

元徳が酔狂でそういうと座は一瞬ざわついたが、周布はその笑いを無視して急に険しい顔つきになり、土佐藩士たちを睨みつけた。

「容堂侯は朝廷の信任をうけて幕議に参画されておるが、どうしたものか、幕議は因循して決せぬのう」

「なんと仰せられる」

「……口では尊王攘夷とかいうておられるが、腹の底はわからぬわ。はっはっは……」

「聞き捨てならぬ！」

「暴言は許せぬぞ——……」

土佐藩士たちは口々に叫び立て、血相を変えて立ち上がった。

また、周布どのの悪い癖がはじまったな、と晋作は思った。周布政之助は、酔ったふりをして鬱憤を晴らす癖があった。それを知らない土佐藩士たちは、いまにも斬りかからんばかりである。

「待たれよ」晋作は太刀を抜き放って、かれらにいった。「周布政之助の不敬、容赦はできぬ。おぬしらの手を煩わさずとも、わしが成敗いたす」

晋作はつつッと走り寄ると、一気に太刀を振りおろした。刃先は、周布の体へは届かず、馬の尻をかすった。むろん、晋作は、周布を斬ろうとしたのではなかった。馬ははげしくいななくと、驚いて一目散に走り去った。

4

粉雪の降りしきる、師走の十日すぎの夜更けだった。十人あまりの二本差しの一行が、急ぎ足で品川の街道を北上していった。短袴に草鞋をはき、着物の上から簑をつけて、陣笠をかぶった異様ないでたちであった。

雪に凍っている街は人通りもなく、灯も消え果てて暗闇そのものである。が、隊伍を組んで進む一行は小さな弓張提灯をひとつ下げているだけだった。

彼らはやがて、街道をそれて小高い丘のほうへ登っていった。あたり一面に枯れ葦原がつづいていた。三人ほどが、刀で葦の穂を払った。

「湿っていないところを用意しろ」低い声でひとりがいった。

一行はふたたび歩き出した。晋作を中心にした御楯組の連中だった。世子出馬によって外国人襲撃が挫折したあと、晋作たちは、つぎの計画を進めるにあたって、いわば秘密結社ともいうべき御楯組なるものを作ったのだ。

こういうことは絶対に秘密を守らねばならぬ。そうすれば、世子出馬のような失敗を招かぬうえ、秘密だということから、各自が攘夷ということをとことん考えるようになるにちがいない——と晋作は踏んだ。かつて加藤有隣に語ったように、幕府の足許を掘り崩すと同時に、やがて交えねばならぬであろう外夷との一戦で攘夷の無謀なことを悟らせ、外夷を迎え撃つべく準備した武力をそのまま倒幕の兵力に仕立てるという、一見奇妙にみえるひとすじの道に、同僚を突き進ませようと彼は考えていたのだ。彼らが先ざきのことを知っていようといまいと問題ではなかった。晋作には、必ずそうなるのだという、直感からくる自信が湧いていた。

彼は、〈血盟書〉を作った。

……百折不屈、夷狄を掃除し、上は叡慮を貫き、下は君意を徹するほか他念これ無く、国家の御楯となるべき覚悟肝要たり。……われわれども死生を同じくし、正気を維持するについては、いかばかり離流顚沛《てんぱい》に逢おうとも、尊攘の志屈すべからず。……右同志の契約、違背いたし候時は、幾回も論弁させ、万一承知これなきにおいては、組中申し合わせ、詰腹に及ぶべし。依て天神地祇に誓い血盟すること以上の如し。

文久二年戌《いぬ》十一月

「よし」とうなずいて晋作は自分の名前を書き、脇差で指先を切って血判を押した。外国人襲撃に加わった十二人全員が署名血判し、そのあとから数人が加わったのだった。坂はやがてゆるやかな傾斜に変わった。

雪のせいか、二階建の大きな館が、一丁ばかり向こうの闇の中にかすかに浮いて見える。

「俊輔、鋸を出せ」押し殺した声で晋作はいった。「柵を切って逃げ道を作っておけ」

「合点じゃ」伊藤俊輔は雪のなかを肩を揺すらせて駈けていった。

「おい」と晋作は呼びとめた。「新婚気分ではいかぬぞ」

みんなは、一瞬笑った。俊輔は、つい二カ月程前に入江杉蔵の妹と結婚し、すぐに江戸へ引き返してきていたのだ。

「聞多、たどんじゃ」

「……ない」

「ないだと！」

「し、しまった。〈土蔵相模〉へ忘れてきた。が、額縁の裏じゃ……」

聞多はあわてた。晋作は、あきれ果ててものがいえず、むっとして口を噤んだ。そのとき、松陰から山鹿流兵学を学んだことのある若い寺島忠三郎が、うしろから進み出た。

「焼き玉なら、わしも持っています」

「ようし。ならば、あとは決めた通りに事を運ぶのじゃ」

晋作は抜刀して、入口付近の警護についた。館は、街道から見るよりもはるかに立派な造作である。

焼き玉が破裂する音とともに建物の横手から火の手があがった。提灯から葦の穂に移した火種をもって、二、三人が晋作の目の前を駈けぬけていった。

まもなく、数カ所から紅蓮の炎が立ちのぼったことを確かめると、晋作たちは闇にまぎれて坂を下った。やがて〈土蔵相模〉に入った晋作は窓辺に腰をすえて、冬の夜空を不気味に焦がしている巨大な炎を見つめた。

鳴り出した半鐘の音に驚いて、寝間着に綿入れをひっかけた姿で飛び出してきた町人たちが街道に群れ、口々に燃えている建物の名前をいいあっていた。

「あらァ、寺じゃねえか」

「いや、つい最近できあがった外国公使館よ」

晋作たちが火をつけたのは、まぎれもなくその英国公使館だった。前年の五月、水戸浪士たちが高輪東禅寺にあった英国仮公使館を襲ったのだが、幕府は一万ドルの賠償金を払ったうえ、品川御殿山に各国公使館を建てることでやっと解決していた。公使館員はまだ誰も移ってきてはいなかったが、英国公使館だけはすでに落成していた。三条、姉小路勅使を追うように世子元徳が上京したのを幸いに、御楯組は、この建物の焼き払いをはじめての攘夷行動に決めたのだった。

「志道さんはどうしたのですかのう」伊藤俊輔は心配そうに首をかしげた。

「まさか、捕まってはおらんでしょうな」背丈のわりに顔ばかり大きな赤根武人がいった。

「放っておけ。帰ってくるさ」晋作は、寝ころびながらいった。天井板にまで炎の紅さが照り映えていた。つまらぬことをやっているな――まともに幕府へぶつかれぬ自分への嘲りをこめて、晋作は苦々しげにつぶやいた。

5

正月もまだ五日なのに、藩邸の梅はもう七分咲きになっていた。冬の短い陽ざしはかなり西へ傾いていたが、縁側に坐っていると火鉢も要らぬほどの暖かさだった。

「まったく、高杉さんはこわいもの知らずですのう。今日ばかりはわしらもその気概を学ばねばならぬと思いました……」

伊藤俊輔は感心したようにいって、そばに坐っている赤根武人とうなずきあった。

「ほう、またなにかやらかしたのか」

部屋の隅から酒を運んできた周布政之助は、話の先をうながすように、近くへ来て胡座《あぐら》をかいて坐った。

「周布どの、いや麻田どの。中橋を強行突破したのですぞ」俊輔はそういって、さも愉快そうに笑った。

「ここでは周布でよかろう。ほう、中橋をな」

周布政之助は笑い声に合わせて、大きな図体を震わせた。山内容堂を誹謗した廉で周布政之助は帰国させられたことになっていたから、このころ彼は麻田公輔と名を変えていたのだ。

この日俊輔たちは、和宮降嫁の特赦で罪を許された吉田松陰らの遺骨を、若林村の長州藩地へ改葬する作業を行なってきたのだった。

俊輔たちが埋めた松陰の遺体は、小塚原の草の下で完全に白骨と化していた。思えば、もう三年以上の歳月が流れていた。

一行は竜泉寺通りから下谷、坂本、上野の広小路を過ぎて、午まえに三枚橋まで辿りついた。三枚橋は、橋が欄干によって三筋に仕切られているところからそう呼ばれていたが、お留め橋ともいった。真ん中の橋は、将軍が上野の東照宮に参詣するときにだけ使う通路で、ほかのものは一切通行を許されていなかったからだ。

葬列の先頭に立っていた俊輔は、三枚橋のところまでくると何のこだわりもなく端の橋へ入っていこうとした。

「こら、俊輔、なにを遠慮しておる。真ん中の橋を通るのじゃ！」

手槍をかかえ、馬に乗っている晋作が最後尾から怒鳴った。

人夫たちは一瞬ざわめいたが、真ん中の橋をおそるおそる進み出した俊輔の先導で、ゆるゆると歩き出した。

「俊輔、もっと胸を張って歩け！」

晋作が手綱をゆるめたときだった。

「止まれ。止まらぬか！」叫びながら、橋番の役人が駈けてきた。「ここがお留め橋であることを知らぬか。止まれ、止まれ……！」

「斬れるものなら、斬ってみろ！」

晋作は手槍を前にかまえて、橋板を踏み鳴らしながら先頭へ踊り出た。橋番は、将軍の橋を通行することはまかりならぬ、とくりかえした。そのうちに、東照宮に初詣に来た参拝客たちが、両端の橋に群がり出した。

「役人ども、ようく聞けェ！」晋作は周囲の群衆を意識して大声をはりあげた。将軍への、彼らしい宣戦布告だった。「われらは安政六年秋、井伊直弼によって小伝馬町の獄に斬られた勤王家、吉田松陰先生の遺骸を改葬するものじゃ。天朝の命によって行なっているわれらを強いて咎め立てするならば、こちらにも覚悟があるぞ！」

「……」

「通るぞ！」誰にともなくいい捨てて、晋作は俊輔に命じた。「早ぅ進め、陽が翳るぞ！」

橋番たちは晋作の鋭い語調に気圧されて、番所へ引きさがってしまった。赤根武人は、抜刀したまま人夫たちのそばを進んでいった。

俊輔が話し終わったところへ、小五郎が晋作と連れだって姿をあらわした。

周布や俊輔たちが笑いころげているのを見て、

「どうしたのです……？」と晋作は尋ねた。

晋作には答えずに、みんなはまだ笑っていた。

「久坂は信州へ着いたかのう」と、やがて小五郎が口火を切った。

長州藩主らが幕府に働きかけた結果、佐久間象山は九年ぶりに蟄居生活を解かれることになり、玄瑞は、その象山を長州藩に招聘すべく、山県半蔵や土佐の中岡慎太郎とともに信州へ旅立っていたのだ。公使館を焼打ちした直後のことである。

久坂――と聞くと、晋作は苦いものが口にあふれてきた。あきらかに意見のちがうことがわかったのはそのときだった……

「攘夷のために戦備を充実しようとすれば、どうしても象山どののような方が必要じゃ」そばにいた周布政之助が口添えした。

「極力お願いしてみます」玄瑞は手土産を丁寧に包み直していった。「わしはそのまま京へ走ります。志士たちを結集する仕事がありますから。ところで、高杉……」玄瑞は、晋作のほうに顔を向けた。「貴公も力を貸してはくれまいか。志士たちをなんとかひとつの結社のようなものにまとめあげたいのじゃ」

「ほう、破約攘夷、倒幕への道すじを、おぬしは志士の結社に求めるのか。わしは大割拠に求める。ふたつのものは全然別じゃ。力を貸すも貸さぬもあるまい」

「………」

「おぬしは結社で朝廷を動かし朝廷の力で諸藩を動かそうという魂胆だが、そんなことは功名勤王のすることじゃ」

「なんだと、もう一度いってみろ！」玄瑞は目鯨を立てて叫んだ。手は、刀の柄を摑んでいた。

「ああ、何遍でもいうてやるとも。おぬしは志士、志士と馬鹿のひとつ覚えのようにいうているが、所詮は根のない浮き草ではないか。藩を脱した浪人者が一人身の気安さで走りまわり、日本がどうの倒幕がどうのと、いかにも勇ましいことを喋りまくる。だが、ほんまの腹のうちは焦りばかりじゃ。足許をみればなあんにもない……」

「藩、藩といつまで古くさいことをいうておるのじゃ、高杉。禄に執着していてなにができる。いま、大事なことは藩ではない、日本じゃぞ」

「むろんじゃ」

「ならば、おぬしも無意味な古い殻など脱ぎ捨ててしまえ。天下をひっくりかえそうとしちょるときに、長州長州では駄目じゃ」

「そうかな」晋作は、激昂している玄瑞の言葉を静かに聞き流す余裕をみせていった。「おぬしのいうていることはいかにも妥当なようじゃが、やはり根がない。考えてもみろ、志士を集めていったい何千の人間を動かせるのじゃ」

「久坂のやりたいようにやらせてやれ」周布政之助が、なだめるように晋作の肩を叩いた。

「すでに、将軍後見職一橋慶喜は江戸を発った。まもなく、破約攘夷の勅命を受けるために将軍家茂《いえもち》が上洛する。中心は京へ移り、やがてなにもかもがすっきりするだろう」

「そうでしょうか。力で変わる朝廷を相手では、とうていすっきりはしますまい。泥鰌《どじょう》みたいに、捕まえたと思うても、その尻から逃げていますよ……」

晋作はむっつりした表情でそういったあと、貝のように黙り込んでしまったのだった。

むろん、玄瑞の到達している思想的な高みがわからぬわけではなかった。心情としては藩も幕府も朝廷さえも否定した松陰であるが、思想的には幕藩体制の枠を破ることができなかった。朝廷の権威を強固にするために幕府の力を借りようと考えた松陰は、したがって、幕府さえ否定しきれなかったのである。だが、玄瑞は、〈大義〉という名分を踏台にして、松陰の〈義〉を越えたのである。尊王攘夷という〈大義〉を実現するためには、つまり叡慮を実現するためには、幕府への信義が欠けることがあっても、また藩が滅んでも止むを得ぬ――という主張には、晋作もまったく同感なのだ。問題は、〈大義〉を実現していく手段である。志士を結集するか、防長二国にたてこもるか――玄瑞は前者を選び、晋作は後者を選びとった。安政の大獄の経験からいっても、上海へ行っている間にくるりとひっくり返ってしまった朝廷の態度から考えても、晋作には後者しかなかったのだ。玄瑞の動こうとする方向は、結局、松陰の間部要撃策と変わらぬ一揆的なものにすぎない。志士をいくら結集したところで数は知れているし、少数の人間で諸藩を動かすのは容易なことではない、と晋作は思っていた。それに比べて、藩に依拠すれば、何千、何万という人間を動かせるのである。まったく討幕の思想を持たぬ著たちでさえ、やり方次第では、幕府軍と戦わせることさえできるのだ。そのうえ、藩には、戦に必要な食糧や武器、軍艦もある……

「もう着いてはいるだろうが、象山という男は度外れて衿持の高い男じゃ。長州などへは来るまい」周布政之助は膝を叩いて立ち上がった。

「他人をあてにしなくとも、自分たちでやれることはいくらでもあるはず。大事なことは、攘夷倒幕へ向けて、挙藩体制をつくることじゃ……」梅の花に語りかけるように晋作はつぶやいた。

薄紅色の花びらが、陽の翳った中庭へ音もなく落ちていった。

6

「高杉、早く用意をしろ。明日出発するぞ」

外出から帰ってきたところらしく、桂小五郎の袴にはうっすらと砂埃がついていた。

藩邸は廃家のように静かだった。英国公使館の放火犯人を追っている幕吏がどうやら探知したらしいという噂が耳に入ると、志道聞多をはじめほとんどの者が、中山道、東海道、甲州道など別々の道を通って上京してしまった。

周布政之助も十日程前に江戸を発っていた。

「京へ行ってなにをするのです」晋作は不貞腐れていった。

「貴公は、学習院用掛ではないか」

「朝廷という力をかりて藩を動かしてみたところで、朝廷を恐れて攘夷を叫ぶ藩など根なし草ではありませぬか」

藩そのものの改革を真剣に試みてこそ、政治を動かす力を生み出せるのだ、と晋作は思っていた。彼はつづけて、藩主父子はすぐに国元へ帰るべきだという持論をくり返した。

晋作を連れていくことを諦めた小五郎は、ひとり京へ出発した。

それからしばらくの間、晋作は風邪をひいて伏せった。幼いころに天然痘にかかったせいか、季節の変わり目になると体の具合が悪くなるのだ。

伏せっている晋作の部屋へ、ときおり加納新吉が顔を見せた。江戸藩邸で長いあいだ小者仕えをしてきた新吉は十八歳の青年になり、近くの塾へ通っていた。

「おまえも苦労するのう」

あるとき、薬を運んできてくれた新吉に晋作は語りかけた。すると、新吉はにっこりと笑って答えたのだ。

「これくらい苦労とは思うておりませぬ。若いときの苦労は買うてでもせよ、と母に教えられました……」

「その苦労が報われる日がきっと来るぞ」

加納新吉のこだわりのない明るさに好感を覚えて、晋作は思わずいった。

新吉は、その日の暮らしにも困るような貧しい中間《ちゅうげん》の家に生まれていたのだが、父が病死して収入の道が途絶えたため、江戸藩邸に小者として雇われていたのである。伊藤俊輔とはよく似た境遇だが、新吉には、俊輔のような小賢しさも処世の巧みさもなかった。

「京は大変ですね」

「京か……」晋作は、新吉の真剣なまなざしを見つめた。

「いまの幕府には、のう新吉、一国の政府として日本の利益を代表するような態度は微塵もない。ただ徳川の立場を守るために汲汲として、強引に結んだ安政条約しかりじゃ。公武合体にしろ、徳川を強化するためにのみ仕組まれた。交易の一人占めひとつをとって見ても、民百姓のことなどてんで頭にないのじゃ」

「では、高杉さまは……」

「すぐに外夷の力に屈するような幕府ではとても駄目じゃ。条約を破棄し、対等に交易をやりぬいていけるしっかりした政府をこそ作らねばならぬ。……だが、世の中のしくみは、いまだに世襲世襲じゃ。永代家老の世継ぎは、馬鹿でも家老になる。こんなことで、ええ政治ができるはずがないわ」

「はい」新吉は力をこめてうなずいた。晋作のいうことがわかりすぎるほどわかるのだ。生まれながらの差別——それは、新吉が身に沁みて感じていることだった。

晋作の気持ちがわかるにつれて、新吉は身辺の世話にかこつけて、毎日のように部屋を訪ねてきた。

晋作のほうも、新吉を相手にしばらくのんびりできると思っていた矢先、今度は世子元徳の上洛命令を携えて、志道聞多が迎えにきた。

「……藩政改革をやることもきまり、山口に作られる政事堂で殿が親裁される。おぬしの考えに一歩は近づいたのだから、頼む、なんとか尻を上げてくれぬか」

「わしはひどい風邪じゃ。のう新吉」

新吉はどう答えたものか、黙ったまま困惑気に目をぱちくりさせた。

「長井雅楽が切腹に処せられたそうじゃ」あきらめて、聞多は別のことを話し出した。「二月の六日だそうだが……」

そうか、とうとう腹を切らされたのか――晋作は複雑な気持ちで聞多の話を聞いた。一度は斬ろうとした相手だが、切腹に処せられたと聞くと、なんとも残酷な想いがしてならなかった。だが、長井の死こそは、朝廷のまわりで周旋に明け暮れる者の末路を象徴するものにほかならなかった。

彗星のごとく政治の表面にたちあらわれた長井雅楽は、栄光にかざられた華やかな舞台を歩いているかに見えながら、たちまち悲劇の主人公に早変わりし、また彗星のごとく消え去っていったのだった。

「おぬしの顔を立てて、行くだけは行ってやるが、新吉を連れていく。その許可をとりつけてきてくれ」

新吉はあっけにとられた顔で、蒲団に起き上がろうとする晋作を見つめていた。

7

文久三年三月十一日の京は、朝から針のように細い雨が降りつづいていた。

御所から加茂川の河原にいたる一帯は、夜が明けるとともに冷たい雨のそぼ降るなかを人々がどんどんとつめかけ、思うように前へも進めぬほど混雑していた。

将軍を供につれた天皇の〈攘夷祈願加茂行幸〉が行なわれるというので、市中、山城はいうに及ばず、遠くは近江、大和、丹波のあたりからも見物にやってきた者が多かった。

長州藩が裏工作を進めてきた行幸だということも手伝って、ほとんどの藩邸員は競って加茂の河原へ出かけていった。寺島忠三郎、野村和作、加納新吉の三人を連れて、晋作も冷やかし半分に出かけてきたのだ。

途中で肥後藩の河上彦斎とばったり顔があい、どちらからともなく挨拶した。

「河上どのを、し、知っているのですか！」

寺島忠三郎は驚いて、思わずどもってしまった。彼はひと月あまり前、志士の結社へむけての五十人ほどの集会の席で、彦斎を紹介されたばかりだった。

「高杉晋作を知らずして志士といえるか」

彦斎は、まともとも冗談ともつかぬいい方でいって、鋭い眼光を忠三郎に向けた。何万、いや何十万というおびただしい数の人間が、雨をものともせず、河原に跪《ひざまず》いて行列の到着を待っていた。

麻の袴をつけた侍たちのものものしい警戒のなかを、行列が通りかかったのは午まえの時刻だった。銃隊数百人のはるかうしろに緋傘をさしかけた行列が見えはじめた。どうやらそれが天皇や将軍たちのあたりらしかった。

「高杉さん、白石正一郎が来ています」突然、野村和作がいった。「あの白髪の男です」

和作の指さすほうを見ると、見物人の頭ごしに装束の立派な初老の男が見えた。玄瑞から何度も話には聞いていたが、晋作は一度も逢ったことがなかった。玄瑞の語るところによると、勤王商人白石正一郎の家には、平野国臣《くにおみ》、真木和泉《いずみ》、吉村寅太郎、西郷隆盛といった面々が、京、大坂への行き帰りには必ず止宿しているということだった。

「下関から京へ、わざわざ見物にか？」晋作は男のほうに目をやりながら尋ねた。

「いや、交易に必要な金を工面しに来たそうです」和作がいった。

かつて松陰の大原要駕策に連座して、兄の入江杉蔵とともに岩倉獄へ入れられたことのある野村和作が、自分のほうを見ながら二十三、四歳の侍に話しかけていることに白石正一郎は気づいていた。が、十間近く離れているうえ、その間は人の頭で埋まっていたから、軽く頭を下げておくしかなかった。

　回船問屋小倉屋の当主白石正一郎が、下関から京へ上ってきたのは前年の師走の半ばだった。知人の西郷隆盛を通じて薩摩藩御用達の仕事をもらっていた正一郎は、島津久光が率兵上京するための兵糧米を下関で調達することを依頼されたのだが、打ち合わせておいたはずの米の値段が大きく食いちがい、結局三千両近い損失を蒙ってしまった。かなり手広く商売をしている正一郎にとっても、三千両という金は痛手だった。やむなく彼は、長州藩士を通じて、長州の大坂屋敷にいる藩役人に二千両の借金を申し込んだのである。彼は借金の見通しを伺いがてら、寺田屋事件で上意討ちにあった薩摩藩士らの墓参をするために、思いきって京へのぼってきたのだった。

　借金のほうはなんとか千五百両くらい借りられる目処がついたのだが、やってきた京の空気にふれてみて、白石正一郎は肌寒くなるのを感じた。長州と薩摩との関係がきわめて悪化しつつあることを知ったからだ。

　正一郎が、西郷との話を糸口にして、薩摩藩から藍玉を買い入れたいと長州藩産物会所に願い出たのは数年前のことである。

「そこもとの申し出はもっともじゃが、本藩では、勧農庄屋を勤めておる者の取次が無うては詮議できぬ……」役人は最後にそういって、本藩の御用商人の名前を教えた。

　わざわざ萩まで出かけ、伝手を通じて一カ月粘りに粘った結果がこれだった。しかし、薩長交易という大事業が実現するかしないかの瀬戸際なのだと思い直して、彼は教えられた商人を訪ね、丁寧に頭を下げた。

二年後、周布政之助たちの助力で薩長交易がはじめられた。だが、それは、白石正一郎の手をまったく離れたものになっていた。

「骨折り損のくたびれ儲けというやつか。本藩の商人でないとなぜいかんのじゃ。支藩ではなぜいかんのじゃ……」

正一郎は腹が立って仕方がなかった。長州藩には、萩本藩と岩国、徳山、長府支藩、長府から分かれた清末支藩があったが、白石正一郎は清末支藩の商人だった。藩と藩との交易であるから、本藩の御用商人がその任に当たるのは当然といえば当然だと思うのだが、半年がかりで準備し、自分の手でやれることを期待していただけに、正一郎はがっかりしてしまった。

彼は、もっと自由に商売がしてみたいと思った。幕府や本藩の御用商人だけが利益を独り占めする世の中の仕組みに問題があるのだ——彼は、いつの間にか、白石家を宿にして行き来する志士たちに大きな期待をかけはじめていた。

しかし、京へ来てみると、薩長の関係が思わしくない。

「白石。ああ薩摩の御用商人か」

薩摩嫌いの長州藩士がそんな悪口をいったという噂を聞いて、正一郎は苦しい想いに打ちのめされた。いたたまれぬ想いで帰り仕度をしているところへ急に加茂行幸が決まったことを聞き、彼は加茂の河原へ出てきたのである。

すぐ目の前を、飾り物をかちゃかちゃ鳴らせて、天皇や関白の輿が通っていく。雨に濡れた草に頭をくっつけて、涙を流している者も大勢いた。輿のうしろを衣冠束帯に身をかためた百人近い公家や将軍、大名たちが、馬に乗って通り過ぎていった。壮観な行列であった。

どこからともなく湧きおこった拍手は、巨大な波のうねりのようにまわりへまわりへと広がっていった。

と、そのときである。

「いよォ、征夷大将軍！」晋作が、白扇を差し上げて大声で野次ったのだ。

将軍家茂、後見職一橋慶喜がゆっくりと馬の背に揺られていくのが、ほんの四、五間先に見えた。家茂や慶喜の耳にも、晋作の声は届いたにちがいなかった。

供の侍たちがじろりと声のした方角を睨んだが、なにごともなかったように、行列はそのまま通りすぎていった。

「高杉さん、ちょっとおひどうございますのう」野村和作が眉をひそめた。

「なに、そんなに度胸の小さいことでどうするのじゃ」晋作は、人前もはばからずにいきまいた。「将軍が神妙にお供をしているから、ちょっと褒めてやったまでじゃ」

「褒めてやるのなら、征夷大将軍様というてやったらどうじゃ」河上彦斎がそばから冷やかした。

「ほんとうに攘夷を実行したら、その時には様をつけてやるわ……」

晋作は大きな口をあけて、無遠慮に笑った。

8

「周布どの、また説教ですか」

部屋に入るなり、すねたように顔をしかめている晋作に、伊藤俊輔がさっと座布団をすすめた。晋作はなにげない素振りで敷かれた座布団に坐りながら、抜け目のないやつだな、と俊輔のことを思った。

なにか相談をしていたらしい空気だったが、俊輔に座を外させた周布政之助は、

「高杉、いい加減にせぬか。若殿のお召しなのじゃぞ」抑えた声で腹立たしげに叫んだ。

「いくらいわれても、嫌なことは嫌です」晋作はきっぱりと拒絶した。

はっきりものをいうやつだとは思っていたが、こいつには底がないと周布はあきれた顔を向けた。周布は太っ腹な男だったから、叫ぶというようなことは滅多にない。土佐藩士を怒らせたような、酔いに見せかけた振舞いが、周布の腹を立てたときのやり方である。

だが、このとき、周布政之助は心底から腹を立てていた。加茂行幸があってまる四日、晋

作を学習院用掛、つまり外交担当の仕事につかせようと頑張っているのだが、まったく話にならないのだ。

「何度いったらわかるのです」今度は、晋作が叫び立てた。「周旋は久坂にやらせておけばよいではありませぬか。若殿もすぐ国元へお帰りになり、長州藩だけで幕府を倒せる力を築き上げるべきだというわしの考えは、何度いわれても変わりませぬ」

「高杉……」周布は静かな声にかえっていった。「それは、いますぐにはできぬ。いまは、破約攘夷へ幕府を動かすことが先決だ。ようやくその気分が高まってきた。当分は、この方向で幕府の力を弱めていくのが賢明というものじゃ」

「では、いつになれば……?」

「まあ、貴公のいう時機が来るには十年はかかろう」

「十年……。では、わしは十年のあいだ暇をもらうことにします」晋作は、考えるふうもなくいい切った。「その時機が来たら、存分に働きましょう」

周布は苦りきって顔を歪めた。

難渋している周布と対峙しながら、いくら見てもおかしいな——と晋作は思った。頭の真ん中を剃り上げてある、そこだけが青白い月代《さかやき》のことだ。彼はこのところ、髪を切ってしまいたいと思うことがあった。髷を結うのが実に面倒なせいもあるが、生えてくる髪を月代の部分だけ剃り落とすのは、いかにも不自然な感じがするのだ。一見して、身分がわかるというのも気に入らなかった。大した人物でもないのに、髷だけは立派に結っている男を見ると、吐き気をもよおしそうになるのである。

「もうよいわ……」周布は叩きつけるようにいって、月代に滲み出た汗を拭った。

晋作の頑固さにあきらめて引きさがった周布政之助は、あくる日、

「十年間の暇をやる」と無雑作にいった。

士籍を脱し、浪人することに決まったのだ。

「ただし、わしや小五郎、玄瑞のやれぬことを補うことだけは忘れるでないぞ。いわば、わしらは先発隊じゃ。ははは……」周布は少し淋しそうに笑い、持ってきた風呂敷包みを解いた。甲冑《かっちゅう》であった。

「ここに書いておけ」と周布はいった。

兜《かぶと》を裏返して、晋作はにやりと笑い、やおら筆をとった。

〈予将に東行せんとす、周布政之助贈るに此甲冑を似てす、他日倒幕の戦あれば、之を着して討死せん――高杉東行春風〉

9

三条大橋のたもとに、百人近い男女が群がっていた。東海道の終点である三条大橋は普段

でも人通りの多いところだが、この半年あまり京のまちに吹き荒れた天誅《てんちゅう》の嵐で、橋の西詰はさながら生首の晒場になり、なにかあると大勢の見物人であふれるのだ。

この日も、目明し権太という男の生首が晒されていた。その捨札には、大獄の際に井伊直弼の手下をつとめた彦根藩士に協力したかどで処断したという殺戮の理由が、ごく手短に書かれてあった。

何人もの人間がこうして殺されていた。そして、残酷なことには、手や足はバラバラにされて油紙に包まれ、天誅を予告する投文《なげぶみ》とともに佐幕派と目される人物の屋敷に放りこまれるのだった。

天誅は、おもに薩摩の田中新兵衛、土佐の岡田以蔵といった殺し屋たちの仕業で、ときには長州藩士である久坂玄瑞、寺島忠三郎たちも加わっていた。

「おそろしや、おそろしや……」

目明し権太の生首を一見した商人風の男は、あわてて目をそむけた。髪は泥にまみれ、首をのせた木の台からしたたり落ちた血が、土のうえで黒く固まっていた。

そのとき、大勢の見物人の中から一人の僧が進み出て、お経を唱えはじめた。

「なむあみだぶ、なむあみだぶ……」

僧が手にしている数珠の朱色が、その場にはいかにもふさわしいようだった。若い僧は、ただ、南無阿弥陀仏、南無阿弥陀仏……、とくりかえしているだけだったが、誰ひとりとして不思議に思う者はなかった。

小半刻ほども経っただろうか、やがて、頭陀袋から一枚の白布を出して生首の上にかけると、僧は、黄昏れはじめたまちを南のほうへ下っていった。

高瀬川の細い流れに沿って歩いていく僧の背後から、三人の男が見えがくれにつけていた。見物人のなかに混じっていた男たちは、生首の持ち去られるのを監視していたもののようであった。

太い柳の木の下に立ち止まった僧は、しのび笠に軽く手をそえて、男たちを振り返った。

「なにか、わしに用でもあるのかな」

「………」

「斬るのならいま、ちょうど人通りがないが……」

たしかに人通りはなかった。

「かかれッ!」低い声でひとりがいった。三人はじりじりっと僧をとり囲んだ。

「待たれィ!」僧は身動きひとつせずに威丈高にいった。

「仏に経をあげるのは坊主のつとめじゃ。なにか文句があるのか……」

「なにを小癪な!」上段に構えた正面の男が斬りかかってきた。

半身の姿勢で太刀をかわした僧は、

「殺生をなさるとは気の毒なお方たちじゃ。末代までも祟りましょうぞ。因果応報じゃ。因果応報じゃ……」

ぶつぶつつぶやきながら、刻々と暗くなってゆくまちのなかへ姿を消していった。僧の一喝に気合負けしたのか、男たちは追ってゆこうともしなかった。

祇園の一角にある料亭の二階で、長州の若手藩士たちが火鉢を囲んでいた。花冷えのする夜だった。

「こんな大事な時に誰も居らぬ」十分にとりたてられたばかりの品川弥二郎が嘆いた。

彼はまだ二十歳だったが、年の割りに落ち着いていて、寺島忠三郎と並んで若手の中心格だった。

「まったくじゃ」と寺島忠三郎がこぼした。「イギリス艦隊が横浜へ集結して、生麦事件の処理を迫っているそうだが、これをよい機会に、将軍家茂らは江戸へ帰るといい出しているらしいのじゃ」

弥二郎より一つ下だが、忠三郎はその沈着ぶりと冴えた弁説をもって、日がな一日公家屋敷に坐りこんでいたから、世情の動きに最も詳しかった。

「いま帰られたら、せっかくの苦労が水の泡じゃ」野村和作が苦々しげにいった。

「斬ってしまうか」

「誰を……?」

「むろん、家茂じゃ」忠三郎は平然といった。

そのとき、がらりと障子が開いた。

「ほほう、将軍を斬るのか」

「貴、貴公は……」

堀真五郎がびっくりして声を上げた。丸坊主に黒の袈裟がけ、頭陀袋を首から下げ、帯に短刀を差した晋作が赤い顔をして入ってきたのだ。

下を向いてプーとふき出したのは弥二郎だった。その拍子に凄い灰神楽が立ち、落ちてくる灰をもろに被りながら、忠三郎だけはじっと坐っていた。

「馬鹿者！」和作が思わず怒鳴りつけた。

「おぬしら、またやったな……」かなり酒に酔っている晋作は目をすえて忠三郎を睨んだ。

「目明し権太——つまらぬ奴を斬っていると、おぬしらまで下らなく見えるぞ。ああ、下らなく見えるとも……」

「高杉さん……」

みんなが、異口同音にいった。

「おい、弥二郎。女を呼べ！」

晋作は銚子を手にとると、上を向いたまま酒を流しこんだ。

十年の暇を貰って浪人になって以来、僧形に頭を剃った晋作は、藩邸の筋向いにある妙満寺の一室で寝起きしていた。むろん、彼の坊主姿は寺から寺へではなく、御所のまわりや料亭の酒宴の席にたちあらわれた。が、そんなことで、現実とのかかわりを断ちきれるはずがなかった。

西へ行く人を慕うて東行く
　我が心をば神や知るらむ

と、晋作は詠んだ。西行法師を慕って剃髪したのだが、政治の世界から身を引いた西行とはあべこべに、倒幕への想いがますますつのる自分の気持ちをうたったものだった。

芸妓や若手連中を相手に、半刻ほどのあいだ即興の都々逸をうたったりした晋作は、その夜遅く、寺島忠三郎をつれて関白鷹司輔熙《すけひろ》の邸を訪ねた。将軍が江戸へ帰ってしまえば攘夷の実行が先へ延ばされてしまう――晋作はそのことを恐れていた。そうなれば、彼の描いている倒幕への段取りが狂ってしまうのだ。

「将軍の東帰は、天皇が許されまい……」

そう関白から聞いた晋作は、あくる日、姉小路公知に招かれて磊落に意見を述べた。

「ほう、其方《そち》は博学じゃのう。さようか、上海では清人は夷どもの召使いか。早う攘夷をしてしまわぬと、身共《みども》らは恐ろしゅうてならぬ……」

同年配の三条実美と並んで攘夷派公家の中心になっている公知が、いかにも恐ろしげに告げる言葉を聞いて、晋作は帰ってきた。

むろん、朝廷に頼ろうなどと思う気持ちがあったわけではない。ただ、御所の内側の空気に触れさえすればよかったのだが、予測していたとおり、鷹司関白も姉小路公知も、晋作の目から見れば、まったく幼稚としかいいようがないくらい情なかった。攘夷攘夷と口先だけは勇ましいが、胸の内は恐怖ばかりで、先々のことなどろくろく考えてはいないのだ。が、とにかく話は済んだ。

これで、もう京に用はなかった。

「……では、帰国しますか」

待っていたように堀真五郎がいった。彼も、公使館を焼打ちした一人である。周布あたりに頼まれたのだということが、晋作にはピンときた。

「いくらもらった？」

「十両です」真五郎は馬鹿正直にいった。

「ならば、帰るとするか。……が、その前にひとつ頼みがあるのじゃ、堀。周布どのから、新吉の面倒をみるという書付を貰うてきてくれぬか。わしはその十両を預かって、祇園の〈一力茶屋〉で待っておる」

うん、といわないことには晋作は動きそうになかった。

そのため、やむなく堀は周布に逢い、書付をもって〈一力茶屋〉へ駈けつけたのだが、すでに晋作の姿は消えていた。几帳面な堀が二日がかりで、三条、四条、島原の界隈を探しまわったすえやっと見つけ出した時には、晋作の懐には大坂までの路銀しか残っていなかった。

「民、百姓の生み出した金を、高杉さん、湯水のように使うのはようござらぬ」堀は静かな口調でたしなめるようにいった。

「そう堅いことをいうな。これほど便利なものはないぞ」晋作は赤い顔を向けて、小金を掌で弄んだ。

晋作の無謀ぶりを再確認した堀真五郎は、どうにか彼を説き伏せ、大坂へ下った。

長州屋敷でふたたび十両の路銀を工面してもらい、ふたりは下関へ向かう船に乗り込んだが、その金も室の津を出るころには殆どなくなってしまっていた。

酒を買う金もなくなった晋作は、やがて、頭陀袋から一枚の紙片を取り出した。

入江杉蔵が死を賭けて倒幕をやりとげることを宣して、血判を押したものだった。

海の上を渡ってくる生温い風が、その紙片をひらひらと泳がせていた。いくらか強くなりはじめた風に抗うように晋作は矢立から筆をとった。

10

庄屋瀬戸達之助の門前に、源次郎の付き添った駕籠が着いたのは、申《さる》の刻、日暮れまでには一刻ばかり間のある時刻だった。

「なんと美事じゃ」

駕籠から下りた晋作は目を見張った。菜の花の濃い黄色が、まわりの若葉に映えてきわだった美しさを見せていた。

「どうぞ、むさくるしいところですじゃが……」

源次郎は先に立って、門へつづく急坂を登りはじめた。十カ月ばかり見ない間に肩幅が広くなり、たくましさを増していた。

「剣のほうはどうじゃ？」

晋作が尋ねると、源次郎は首を振って頭を掻いたが、恥じらいのなかに自信のほどが見てとれた。

三田尻から駕籠を雇って萩へ帰る途中、晋作は、山口の城下で源次郎にばったり逢ったのだった。源次郎は雅の使いで、政事堂にいる父の小忠太に着替えを届けにきたのである。

「おおそうであったな。殿は山口へ移られたのか」

晋作は、小忠太にちょっと逢っていこうと思ったが、自分が浪人の身だということに思い当たった。急いで萩へ帰らねばならぬこともなかったので、山口から一里ほど離れている源次郎の村を訪ねることにしたのである。

山手のほうを眺めると、十人ほどの百姓たちが斜面を切り開いているのが見えた。晋作を座敷に上げると、源次郎は兄を呼んでくるといって駈け出していった。

「あれは、なにを植えているのかな?」晋作は、茶をもって出てきた達之助の嫁、ゆきに尋ねた。

「はい。櫨《はぜ》の苗木を植えているところです。農兵隊に行くようになりましてから、村の若い衆を集めて、夜になるとなにやら読み書きを教え、手すきの時間には、ああして山を拓いては……」

「それはご苦労なことじゃ」

「どうですか」とゆきは近くの山を見やった。源次郎が達之助らしい男と走り出すのが見えた。「若衆組とかいうて、名前までつけているんです」

「若衆組のう。ほう、若々しくてよい名前ではないか」

やがて、着物を着替えた達之助が姿を見せた。源次郎と比べると体は少し小さかったが、眉の太いしっかりした顔立ちをしていた。

「若衆組とは、なかなかよい名前じゃのう」

「ゆきがつまらぬことを申しまして、恐縮でござります」達之助は頭を下げてから開墾場のあたりを見やった。「高杉さまのやっておいでのことに比べましたら、わしらのやっとりますことは、ちっちゃいことでござります」

「ほう、どういうことをやられておるのかな？」

「はい。開墾場から上がる利益はすべて若衆組のものとして積み立てまして、飢饉のときの米の買入れに当てるとか、まァみんなで考えていけばよいと思うちょります」

「お互いに助け合おうというのか」

「はい」達之助は目を輝かせていった。「櫨《はぜ》は、お上がさかんに督励されとりますが、みんな嫌がりまして……。と申しますのは、かつての安う買い叩かれる専売の御仕法にみんな懲りとりますので。むろん、いまは、下関の相場で売れる時代ではございますが、売るものは安く、買うものは高うて……、あんまり作りたがりませんので、開墾して、ちょっとでもお役に立てればと……」

「なかなか大変じゃのう」

「でも、若い衆がわしみたいなもんについてきてくれますで、ありがたいことじゃと思うちょります」達之助は満足そうにいった。「しかし、京は大変でございましょうなァ」

「京か」晋作は伸びかけの髪の毛を撫でた。「やれ天朝じゃ、やれ幕府じゃというて、なにやらせわしないことはせわしないが、そのうちに、馬関あたりにも黒船が押し寄せてくるじゃろう」

「馬関にでございますか？」

「そうじゃ。ひと戦争はじまらずしては、おさまりはつくまい。そうなると、若衆組の諸君らにもがんばってもらわにゃならぬかもしれぬ」

「……」

「まだ先のことじゃ」驚いている達之助をなだめるように晋作はいった。

「ところで、高杉さま、藩論も破約攘夷に変わったということでございますが、攘夷のあかつきには、政治はどのようになるのでございましょう」

「政治か……」晋作は、ずっと先で考えればいいと思っていたことを達之助に突きつけられた格好だった。「朝廷も頼りない、となると、結局は草莽のみじゃ」

「天朝さまでは駄目でございますか?」

頓狂な声を上げた達之助は、信じていたことが覆されたときにみせる痛みとも悲しみともつかぬ表情をしてみせた。

徳川二百六十年、苛政の下に苦しめられてきた民百姓や下級侍たちが、朝廷に対して憧れの感情を抱いていることを、晋作は知らないわけではなかった。とてつもなく長い間の苦しみは、諦めとともに古き「佳き」時代への憧れを生み出す。つねに徳をもって民を思いやる王がいたからだ、そういう時代に復古させねばならない——と水戸学がいい、吉田松陰もいった。しかし、いま朝廷が政治を行なったとて何が期待できるのだ。否——晋作には、その答しかなかった。

「どうじゃ、達之助さん。おぬしらも攘夷の実行に加わればよかろう。というてもいまのままでは無理じゃが、四民がすべて国事に加わるようになれば、おぬしらの考えで政治を動かせる日も来るかもしれぬ。だが、世襲家老や藩主、幕臣のなかにも頭のええのがおる。奴らに負けぬほどの学問を身につけ、農兵隊のなかで武術を鍛えておくことじゃ……」

達之助は、晋作の言葉を体全体で聞いていた。〈四民すべてが国事に加わるようになれば、おぬしらの考えで政治を動かせる日も来るかもしれぬ……〉口のなかで反芻しながら、達之助は、数日前に吉富藤兵衛の家で逢った三国仙太郎という男のことを想い出していた。三国は、吉富家にときどき出入りしている、元長府藩士だという浪人であった。

京の三条河原で奸物をさらし首にしたとか、公武合体派の邸に天誅文を投げ込んだといった話をしたあと、

「馬鹿を申すな」と、三国仙太郎は哄笑した。そして、ぎょろりと達之助を睨んだのだ。「百姓は百姓のまんまじゃ。わしらは、天朝をないがしろにしとる奸物や、高禄を食んでなにもせぬ奴らを除くのじゃ。そうじゃろう、達之助。百姓が政治に口を出してなにになる。百姓ごときになにができるというのじゃ」

団子鼻をひねくりながら、三国は達之助が腰に差している太刀をぐっと手前に引き抜き、力まかせに押し戻した。達之助はぐさりと心の臓を突き刺されたような痛みとはげしい憤りを感じたのだった……

その夜は、十五人ばかりの若い衆が集まってきた。最初に質問したのは、畔頭《くろがしら》の息子の虎

吉という青年で、精悍な顔だちをしていた。

「高杉さまァ」と彼は恥ずかしそうに口を開いた。「わしらにお手伝いできることは、はァ、ありませんじゃろうか？」

「手伝うというのか……」

「へえ。黒船がどうのこうのとはァ、不安でならねェですじゃ」

「………」

そうか、みんなはそこまで考えているのか、と晋作は思った。とてつもなく大切なことを発見したような気持ちだった。

酒を酌み交わしながら、若い衆たちはつぎつぎと質問の矢をあびせかけた。達之助もうれしそうだったが、晋作も来てよかったと思った。部屋には、これまでの百姓たちに感じたことのない熱気があふれていた。むろん、達之助の努力に負うところが大きいにちがいないが、彼らはそれぞれに日本の行く末を案じて、自分たちのやれることを探しているのだった。

晋作は快く酔った。六畳と八畳の、襖をとり払った部屋に坐り、彼は夜の更けるのも忘れて楽しそうに語りつづけた。

問題は、この力をどう生かすかじゃ――ゆきの敷いてくれた蒲団に横になった晋作は、暗い天井を見つめたまま、ながい時間眠れずにじっとそのことを考えつづけた。

Ⅳ　奇兵の館

1

光明寺の境内は降りしきる雨に暗く煙っていた。いつもなら民家の屋根越しに見える青々とした馬関海峡も、薄暗い靄の中に沈みこみ、砲塁を築いている台場から、ときおり太鼓の音や威勢のよいかけ声が届いてくるだけだった。

入江杉蔵はやや疲れた顔を灰色の風景に向けていた。長州へ帰りついたのは三月の末だったが、それから一カ月半、彼は中山忠光を警衛するのにすっかり疲れてしまっていた。京の外へ出たことのない十八歳の中山忠光は、まるで子供のように幼いところがあった。公武合体派を助けたというい われのないいいがかりをつけられて議奏辞任に追いやられた父忠能《ただやす》の汚名を、身をもって雪ごうと長州へ下ってきた忠光の気持ちが痛いほどわかるだけに、杉蔵はなだめすかして面倒を見てきたのである。その中山忠光が、一昨日、久留米藩に捕らえられている真木和泉を救い出すために供をひきつれて出発したので、いくらかほっとしているところだった。

久坂玄瑞が石段を登ってくるのが見えた。

「どうじゃった？」と杉蔵が声をかけた。

「壇之浦砲台はまあまあというところじゃ」玄瑞は着物についた雨粒を手ではたきながらいった。「数千の人夫や町人がどぶ鼠のように濡れながら必死に石を運んでいる。今夜中には、なんとか格好がつくじゃろう」

「攘夷期限の五月十日が来たというのに、夷船はいっこうに現われぬのう」

「まあ、そのうちに来る」と玄瑞がいった。「そうなれば、わが光明寺党の腕の見せどころじゃ」

杉蔵は士分に、玄瑞は寺社組士から大組士という晋作と同じ身分に取り立てられたばかりでいくらかはりきっていた。玄瑞は四月の末に、河上彦斎など三十余人を引き連れて京から帰ってきた。そのころには、藩兵千人がすでに馬関に滞陣していたので、藩では、敵情探索の名目で彼らを派遣したのだが、光明寺にいる浪士隊は、わずかの期間に六十数人にふくれあがっていた。

「噂によると、姉小路公知らが兵庫を視察したそうじゃのう」

「外夷が大坂へ押し寄せてくるというて京では大騒ぎだったが……、おそらく桂さんあたりの意見じゃろう」

玄瑞は濡れた着物を脱ぎ捨てて、杉蔵の横に坐った。砲塁の築造を手伝っていた光明寺党の連中が、吉田稔麿を先頭に裸足のまま帰ってくるのが見えた。

「ところで……」入江杉蔵が尋ねた。「いつか、桂どのがいうていた伊藤俊輔や志道聞多たちのイギリス行きのことだが、うまくいったのか？」

「江戸の長州藩御用達がイギリスの商人との間で話を煮つめたということだ。周布どのが苦労して内密に運んでいるのだが、どちらにしろちかぢか発つことは確かじゃ」

「内密にか。まったくじゃ。根っからの攘夷の連中に聞こえたら、それこそ斬ってやるだ」

と杉蔵は笑った。

「話はそこまでじゃ。みんなが帰ってくるぞ」二人の横に腰を降ろしながら、吉田稔麿が制した。

長府の城山砲台かららしい号砲がドーン、ドーンと盛んに鳴り出したのは、それから間もなくだった。城山は、光明寺から北東の方角へ、海岸に沿って約二里の距離にあった。

「おい、三国。馬を出せ！」杉蔵が怒鳴った。

山口の城下で河上彦斎に出会ったことがきっかけで浪士隊についてきた三国仙太郎は、太刀を鷲摑みにするとすっくと立ち上がった。

「わしも参ります」

「わしも……」

三国仙太郎につづいて、数人が寺を出た。外はもう薄暗かった。一刻ちかく経って、彼らは闇をついて帰ってきた。

「対岸の田之浦に夷船が一艘停泊しちょります」三国は息をはずませて告げた。

「なにィ」玄瑞が顔を上げた。「ようし、すぐに出陣の用意をしろ!」

みんなは大急ぎで紺色の脚絆をつけ、白鉢巻をしめたうえに陣笠をかぶった。そして、太刀を腰に差し、壁に立てかけてある鉄砲や十字槍を手にとった。

装束をつけ終わったところへ、馬関総奉行毛利能登からの命令を伝えに使番《つかいばん》がやってきた。

「幕府からの達しでは夷船が攻撃してくれば打ち払えとのことですから、自重せよとの総奉行の命令です」と使番は大声でいった。

「なに、自重せよだと!」ひとりが声をはりあげた。

「長州が先頭を切らねば攘夷は成功しないんじゃぞ。今になって尻ごみするとは、総奉行どのもおじけつかれたのであろう」

別の声が日頃の鬱憤を晴らすようにいうと、本堂はどっと沸いた。光明寺には、医者や儒者、足軽、諸藩の浪人といった連中が多く集まっていたから、藩の正兵たちは蔑みの目で見ているものが多かった。

「な、なんと仰せられる!」使番はきっとなって反問したが、

「出陣するぞ!」

久坂玄瑞の声で、一行は光明寺の石段を雪崩れ降りた。北東へ半里あまりの壇之浦砲台近

くに三本マストの庚申丸《こうしん》が錨を下ろしているのを見つけると、一行は道崎の渡し場から艀《はしけ》に乗り込み、闇のなかへ漕ぎ出していった。

庚申丸は長さ二十間、幅四間半の洋式軍艦で砲六門を備えていた。艦上で開かれた作戦会議は夜半にまで及んだが、事が重大なだけになかなか決しなかった。

やがて、艦長の松島剛蔵が断を下した。一瞬、緊張した空気が庚申丸を包んだ。

「よし、結論をいう。わしらは殿の命を受けて、外夷を打ち払うためにやってきたのじゃ。したがって、総奉行の命令など聞く必要はない。久坂の提案どおり、今夜半、暗闇に乗じて奇襲する！」

停泊しているのはアメリカの商船ペンブローク号だった。

夜明けの出発に備えて煙突から吐き出している火の粉が、闇を、その部分だけ赤く染めていた。それは、まぼろしの火のように異様に美しく見えた。

真夜中を過ぎて、丑《うし》の刻だった。

「撃てェ！」松島剛蔵が叫ぶなり、砲門は火を噴いた。

別の方角からも砲声が聞こえた。イギリスから買い入れたばかりの二本マストの帆船、癸《き》亥《がい》丸のようだった。

突然の砲撃で数発を被弾し、マストをへし折られた蒸気船は、あわてて錨を上げると、船足の速さにものをいわせて全速力で豊後水道の闇へ消えていった。

歓声を上げた光明寺党の面々が陸地のほうに顔を向けたとき、いままで灯の消えていた馬関の一帯には、提灯や松明《たいまつ》の明かりが漁火のように連なっていた。

2

五月の末——竹崎町の白石正一郎邸の奥座敷で午すぎからはじめられた会議は、日がとっぷりと暮れたというのにまだ終わりそうになかった。台所で準備のととのっていた夕餉はすっかり冷えきってしまっていた。

世子毛利元徳と中山忠光が、床の間を背にして坐っていた。

ふたりの前には、支藩である長府藩主毛利左京亮《さきょうのすけ》、総奉行毛利宣次郎、加判役益田弾正、政務役山田宇右衛門、用談役宍戸九郎兵衛のほか、中島名左衛門、松島剛蔵、入江杉蔵などが居流れていた。

前田、杉谷、壇之浦、亀山、専念寺などの主力砲台を実地に検分して歩いた毛利元徳は、早速重立った顔ぶれを集めて、作戦会議を開いていたのだ。

「結局、どうじゃな、馬関の防備は?」元徳が中島名左衛門に質した。

四十半ばの、少し白髪のみえる中島名左衛門は、長崎の高島秋帆に西洋兵学、砲学を学び、この三月、二年ぶり二度目の招きをうけて長州藩へやってきていた。玄瑞が招聘に失敗した佐久間象山の代わりだった。十五人扶持、二百石で萩には屋敷を与えられるという、賓客扱いだった。

「敵の武器はなんといいましても優れておりまする」中島名左衛門は、自信のほどをうかがわせて堂々といった。西洋兵学を修めた彼には、このまま突き進めば、まもなく手痛い敗北がやってくるだろうということがはっきりと予見できた。「いまのように、土嚢《どのう》を積み重ねただけの砲台では、とてもかなうべくもございません。これで外艦を打ち払うのは、いささか無謀というほかはござりますまい」

「少々異見がござる」下手から松島剛蔵が口を開いた。「われわれはこれまで、三度にわたる勝利をおさめてまいった。十一日の米商船ペンブローク号のことはいうに及ばず、二十三日のフランス軍艦キャンシャン号、それに四日前のオランダ軍艦メジュサ号――中島どのの賞賛されるやつらの武器がいかに優秀であろうと、決死の覚悟の前には物の数ではござらぬ。それに、勅旨を奉じて攘夷に踏みきった今、そういうことを申されるのは、味方の士気を阻喪させる不謹慎な発言でござろう」

「そのとおりじゃ。外夷などひとつまみにしてしまえばええのじゃ」頬を紅潮させて中山忠光が同調した。

「仰せではござりまするが、やはり中島どのの意見が至当かと存じまする」齢六十の老臣宍戸九郎兵衛が皺の増えた顔を突き出し、山田宇右衛門がうなずいた。

「ならばなんとする」険しい顔つきになって元徳がいった。

「何度も申し上げておりまするが、外国の砲は元込め式のアームストロング砲という、飛距離においても破壊力においても数倍も優秀なものでござる」中島名左衛門は力を込めていった。「船にしてもわが艦の数倍の大きさ、とてもかなう相手ではございませぬ」

「決死の覚悟さえあれば恐るるに足りませぬ」松島剛蔵は決然といいはなった。「ははは、そうでござろう、中島どの。武器の優劣だけで戦の勝ち負けが決まるものではござりますまい」

　こうして半日近く、同じ議論が堂々めぐりをしていた。みんなはすっかり腹を空かしていた。たまりかねて、元徳が結論を下した。中島の意見、松島の意見に賛同するものはそれぞれ半数である。

　毛利能登は大事なときに決断をためらって戦機を逸したという理由で、その子の宣次郎が総奉行を世襲したのだが、宣次郎は黙って腕組みをしたままであった。

「いまは勅旨を奉じて、決死の覚悟をもって攘夷に当たるのみじゃ」元徳が一同を見渡していった。「しかし、中島の意見ももっともじゃ。早急に優れた武器、大艦を買い入れねばならぬ……」

　遅い夕餉を口にして、松島剛蔵は入江杉蔵たちを連れて白石邸を辞した。

「どうでござった?」

光明寺へ着くと、早速ひとりが尋ねた。

「外夷の武器がどうの、大艦がどうのと、優劣を比べているばかりじゃ」松島は吐き出すようにいった。「中島名左衛門が口出しするようになってから、家老どもはどうも駄目じゃ」

「名左衛門のような奴は斬り捨てるのが一番じゃ」河上彦斎がかちんと鐔《つば》の音を立てた。

仄暗い本堂に、急に緊張感がみなぎった。

「そのとおりじゃ。攘夷の叡慮を曲げようとするのは断じて許せぬ」片膝を立てて、赤根武人が同調した。

三国仙太郎が黙ってうなずいた。

「いまは、ひとりでも力の欲しい大事なときだ。若殿もわしらの意見を入れられたのじゃ。鎮まるがよいぞ」入江杉蔵は、おだやかならぬ雰囲気に釘を刺すようにいった。

会議の果てる直前、久坂玄瑞たちは中山忠光を護衛して急拠上京した。京で異変があったという風聞が伝えられたからだが、むろん異変のためだけではなかった。田之浦に砲台を築いている小倉藩が攘夷に協力しないだけでなく、陰に陽に敵艦に協力していることを朝廷に伝え、小倉藩を攘夷の実行に加わらせることも目的のひとつだった。だから、光明寺には半数の隊士しか残っていなかった。

入江杉蔵は、松島よりも中島名左衛門に近い考えであった。だが、高杉晋作と血盟したとおり、とことん攘夷をやり抜くことによってひとつの道を切り拓こうとしていたのだ。あとは高杉がやる――やっと士分になったばかりの彼にはできないことも、高杉晋作ならできることがあるはずだった。

「これからが、大変じゃぞ……」杉蔵はそう口のなかでつぶやいた。

宿舎にあてられていた新地の旅籠〈藤屋〉へ帰りついた中島名左衛門が、黒覆面をつけた三人連れの男に惨殺されたのは、その夜半だった。

入江杉蔵は遅くまでかかって、高杉晋作に下関の情況を知らせる手紙をしたためていたが、中島名左衛門が殺されたと聞いて、思わず唇を噛んだ。

「目先のことしかわからぬ輩も輩だが、松島も松島だ。どうして自分の腹のなかへおさめておけぬのじゃ……」

3

それから数日後、萩の松本村にいる晋作のもとに、中島名左衛門が暗殺されたことや下関の敗報、姉小路公知の暗殺などのことがごちゃごちゃになって伝えられた。

萩へ帰ってきた晋作は、菊屋横丁の生家へは戻らずに、松陰の兄杉民治の世話で家を一軒借り、雅とふたりきりの生活をはじめていた。

「どうじゃ、雅。よい刀であろう」

晋作は目を細めて、太刀の峰に指を這わせた。世子元徳が帰国し、彼が主張しつづけたとおり藩主父子が揃ったことを知ると、すぐに二尺五寸の太刀を注文したのだが、それが届いたのである。二尺三寸くらいが普通の長さだからかなり長いものであった。

「撫でるとわかるのでございますか?」雅は不思議そうに首をかしげた。

「そうだ。女と刀は触ってみないとわからぬ」

「江戸や京には、きれいな女の人がおられるんでございましょう?」

「それは居る。別嬪がようけおった。それに金も使い放題じゃったからのう……」

「……」

声がないのでふりかえると、雅は泣いていた。べつに、雅をいじめようとしていったのではなかったのだが……

「しかし、雅のように可愛い女子《おなご》は居らんかったのう。京小町も萩小町にはかなわぬようじゃ」素知らぬ顔で晋作がやさしくいうと、雅はやがて機嫌をなおした。

白銀色の刀は鎬《しのぎ》の部分に無数の龍の彫りものがあって、晋作は気に入っていた。峰のきっさきへわたる反りは、ひとつの傷もなくきれいな曲線を描いていた。

晋作はしばらくその刀を眺めていたが、鞘におさめると、やがて外へ出た。山の中腹にある家の庭からは、繁った木立を透かして萩のまちが遠望できた。この松本村からも数十人の侍が出陣していったが、下関の騒動をよそに、村はひっそりと静まりかえっている。梅雨の鬱陶しさが急に去ったように珍しく晴れあがった空に、真っ白な積乱雲がむっくりと湧き立ち、夏の到来をおもわせた。

晋作は長い時間そこに立っていた。朝日を受けている指月山の淡い緑と城の白さが、菊ケ浜の青い海に美しく映えていた。

雅の呼ぶ声がして、晋作は家のほうをふりかえった。中間の瀬戸源次郎が走ってくるのが見えた。

「どうしたのじゃ、こんなに早く……」

「大変です。えらいことが」源次郎は喘ぎながらいった。「藩の船はすべて大破、二艘は撃沈されたそうです」

いよいよ、わしの計算どおりに進みはじめたぞ――敗北の痛みと奇妙なよろこびが、晋作の胸のなかで交錯した。

「それから、姉小路卿を斬った下手人は薩摩だという噂ですじゃ……」と、源次郎はつけ加えた。

晋作は、源次郎の語る話の断片をつなぎあわせ、自分なりにすじみちをつけた。下関の敗北は予想されたことだったが、姉小路公知の暗殺は考えてもみないことであった。下手人が薩摩藩士だとなると……、京の情勢はまだ二度も三度も揺れ動くだろう――と晋作は思った。

しかし、とりあえずは下関をどう守るかなのだ。彼は源次郎を、下関にいる入江杉蔵のもとへ走らせた。

山口から早馬がやってきたのは、その日の夕刻だった。すぐに山口へ出仕せよというのである。

「わしは、十年の賜暇を頂戴したばかりですから……」と晋作は丁重に断ったが、たってといわれると乗り出さぬわけにはいかなかった。事態は、ゆっくりと、晋作が主張した方向へ動いていた。

「とにかく、殿に会うだけは会うてみよう」

二尺五寸の太刀を腰に差した晋作は、馬にまたがると勢いよく鞭を当て、急な坂を駈け下っていった。

松本村で、松陰の遺してくれた写本などに目を通していた晋作にはわかろうはずはなかったが、六月一日の戦闘は惨胆たる敗北に終わっていたのだった。ペンブローク号の報復のために西下してきたアメリカの軍艦、ワイオミング号の奇襲攻撃をまともにくらって、松島剛蔵たちの乗り組んでいた庚申丸は撃沈され、壬戌丸《じんじゅつまる》も横倒しになって沈んだ。そして、癸亥丸もマストと船腹に被弾していた。

打ち込まれた砲弾で燃え出したまちは、荷物を担いで逃げまどう町民たちで上を下への大騒ぎとなり、馬関海峡には大砲の音をはじめ、寺の鐘や半鐘が、半刻あまりもひきもきらず鳴り響いた。

山口の政事堂で宍戸九郎兵衛、益田弾正、周布政之助などと京の情勢を話し合っていた藩主毛利敬親は、下関からの使いが来たと聞いて、

「よし、ここへ通せ」

いつになく和やかな表情でいった。

「も、申し上げます」

男が息せききって駈け込んできたときも、敬親は、まさか敗報であるとは思わなかったから、にこやかに笑いかけた。

だが、敬親の顔はにわかにかき曇り、みるみる蒼ざめていった。

「な、なに、庚申丸も壬戌丸も沈んだと申すのか……」

あとは声にならなかった。

「殿……、殿ォ……!」

「殿、いかがなされます」

うち沈んでいく敬親とは対照的に、政事堂は騒然となった。

しかし、外国軍艦の報復はこれだけでは済まなかった。

フランス軍艦セミラミス号、タンクレード号の二艦が、キャンシャン号の仕返しをするた

めに周防灘から早鞆の瀬戸へ姿をあらわしたのは、晋作が山口の藩庁へ呼び出しを受けた日の朝だった。

対岸の九州側田之浦で水や食糧を補給した二艦は、黒船の発見を知らせる号砲に挑むように、船首を前田砲台に向け、まっしぐらに進んできた。

砲台の前壁を固めていた土嚢は、やがて、轟音とともに宙に舞った。が、長州側はじっと耐えているしかなかった。悲しいかな、旧式の青銅砲では、撃ったところで砲弾が届かないのだ。二艦が二丁ほどの距離に近づいたときになって、前田砲台はようやく砲門を開いたのだが、それも一刻の間で、大砲三十五門を搭載したセミラミス号の集中砲火をあびて、たちまち沈黙してしまった。

まもなく、フランス軍は、下関から前田村へ向かう藩兵に雨のように大砲を撃ち込みつつ、陸戦隊二百五十人を上陸させ、砲台を占拠したのである。

瀬戸源次郎が、馬を飛ばして長府のあたりまでやってきたのは、ちょうどそのころであった。

長府の城山砲台まで来たとき、前田村が焼き払われたことを聞いたが、彼は半里ほど引き返し、間道を通って裏手の山へよじ登った。

谷間を這って長府へ抜ける道を、大勢の村人たちが荷物を背負い、子供の手を引いて蒼ざめた顔で歩いていた。

火の山の頂上に近づくと、木の燃える音や竹のはじける音がものすごく、まわりは煙の海だった。源次郎は中腹のけもの道を進んだ。たたかいはすでに終わったのか、銃の音はしていなかった。神社のところまで降りてきたとき、彼はハッと息をのんだ。

頭や胸を撃ち抜かれた数人の死体が折り重なって転がっていた。土のうえにどす黒い血がべっとりと広がっている。彼は思わず目をそむけた。炎に包まれている民家の間を縫ってゆくにつれて、死体はおびただしく増えた。

「ちくしょう!」源次郎は唸った。抑えようとしても腹の底から憤りがこみ上げてくるのだ。

二十数戸あった前田村は、山手の二軒を残して猛炎に包まれていた。

呆然と突っ立っている源次郎の目に、馬関海峡に雄然と浮かんでいる黒い巨艦がはっきりと映っていた。

4

この敗報が伝わると、藩主毛利敬親は、世子元徳をはじめ加判役、政務役などの重立ったものを、ただちに政事堂に集めた。

毛利敬親は度重なる敗報に、撫然とした表情で坐っていた。

「外夷の襲撃は、これで済んだわけではござるまい」落ちついた態度で居流れる一同を見渡し、益田弾正が口を開いた。三十歳くらいだが、食禄一万二千石余、福原家と並んで永代家老をつとめているだけあってどっしりとした風格があった。「大砲、軍艦の改善、建造はもとより必要なことにはちがいないが、馬関の町民たちの不安感からくる動揺は日を追うてふくれあがっておる。残念なことじゃが、敵に大砲を撃ち込まれて四散する藩兵を冷笑するがごとく、〈麦の黒ん穂と先鋒隊は背をそろえて出るばかり〉などという落首《らくしゅ》をつくったとも聞き及んでいる。町民の不安、動揺を鎮め、さらに大きな襲撃を迎え撃つためにいかなる策を立てるべきか……、みなの衆、いかがなものでござろう」

父親の毛利能登から総奉行を世襲した四十半ばの毛利宣次郎は、手ひどい敗け戦に頭を垂れたままだった。

「ぜひ腹蔵なき意見を出していただきたい」と老臣山田宇右衛門は憂鬱でたまらぬといったまなこを宣次郎に向けた。「防長の危急を目の前にして、沈黙は金などとたわけたことを思うてもはじまりますまいぞ」

皮肉たっぷりな山田宇右衛門の言葉に、宣次郎はやおら顔を上げた。

「それがし、馬関総奉行を仰せつかり、敵と対峙してまいり申したが、武器の優劣は誰の目にも歴然としておりますれば、これ以上の攘夷実行は不可能と存じまする」

「それはおかしくはございませぬか」益田弾正が声をはりあげた。「攘夷の実行は叡慮にございまするぞ。いま考えねばならぬことは攘夷の可否ではござらぬ。いかに立派に攘夷を実行するかでござろう」

「なるほどそのとおりでござるが、藩兵の士気はもはや阻喪しておりますれば……」別のほうから声があがった。「この際は、まず英断をもってまず国力を増強し、しかるのち攘夷を……」

「何度申せばわかる。敗け戦のため、長州藩は攘夷の実行をやめることにしたなどということになれば、天下の笑い者になるだけじゃ！」益田弾正は声の主を睨みつけ、高飛車に決めつけた。

「しかし、益田どの。このまま突き進めば、亡国の恐れなしともいえませぬ。そのことも考えておきませぬと……」

二十歳を過ぎたばかりの大組頭、国司《くにし》信濃が控え目に発言した。彼は、一門六家、永代家老に次ぐ寄組五千四百石取りの身分で、家老職は寄組から選ばれるのが普通だった。

「それがしに一案がございますが」国司信濃のあとを引きとるように、周布政之助が身を乗り出した。「亡国の恐れをまえにして必要なことは、人心をひとつにし一丸となって外敵に対峙しうる力を作り上げること。つまり、士気を鼓舞するために、人心を掌握し、機略縦横の策を用いることのできる人材を思い切って登用すべきだと考えます」

「で、その人材とは……？」益田弾正が、いらだたしげにいった。

周布政之助はみんなの視線が重くまつわりついてくるのを感じた。彼は藩主父子に視線をすえて、低い声で、だが自信たっぷりにいった。

「高杉晋作を起用して、総奉行手元役来島《きじま》又兵衛を補佐する役目に任ずるのが、この困難を切り抜ける最上の策と心得まするが」

「な、なんと申される」急に騒がしくなったその場の雰囲気を代表するように、頑固一徹な山田宇右衛門が周布に向き直った。「やつはいま、剃髪して高杉家を離籍されている浪人ではござらぬか」

「なるほど、そのとおりでござる。しかし、この危急を乗り切ることのできる人材があればお聞かせいただきたい」

周布が開き直った。名前を上げるものは誰もなかった。

「殿……」と、益田弾正が決断を仰ぐようにいった。

「高杉小忠太の伜ならば、余もよく存じておる。小忠太育《はぐくみ》として、すぐ召し出すがよいぞ」

敬親の意向をうけて、益田弾正が周布にいった。

「殿の命により、高杉晋作の藩籍をもとに戻すゆえ、貴公、すぐに伝令使を出されるがよい」

周布政之助は黙って頭を下げた。


夜闇を駈け通して、晋作が山口へ着いたのはその日の夜半であった。

翌朝、周布政之助は、下関の敗戦の状況と前日の会議のあらましを説明したあと、晋作を藩主父子のもとへ案内した。

五分刈りの頭に裃という風変わりな格好だった。

「なにか策があるか？」毛利敬親は単刀直入に尋ねた。

晋作は、周布の話を聞きながら頭にひらめいたことを、一応の筋道を立てて答えた。

「なんじゃと。町人、百姓を問わず、志ある者、死を怖れぬ者をもって一隊を成すと申すのか。ふうむ……」敬親はふと考え込んだ。「四民をもって有志党を結成するとな。刀はともかく、百姓、町人どもに銃までも……」

「殿、藩ではすでに大庄屋、庄屋などを集めて、農兵の訓練をしておられるではございませぬか」

「彼らが謀叛を起こすことはあるまい」

大庄屋、庄屋層なら安心だ――と敬親はいったのだ。

「しかし、殿……」と、晋作は粘った。「生活の苦しさは日を追うて増しておりますれば、このまま放っておきますと、百姓たちは一揆を起こしかねませぬ。彼らの怒りを外へ向けるまたとない機会ではございませぬか」

「父上、なにとぞご一考を……」元徳がしびれを切らしていった。

だが、敬親は躊躇っている様子だった。

「百姓、町人に銃を持たせて、武士の及ばざるところを助けさせること――わしの考えてまいりましたのはこの一点。これが許されぬとあらば、まだわしの出る幕ではありませぬ」晋作は重ねて、強い語調でいった。

この朝、先鋒隊がただ逃げ惑うた――と周布から聞かされた晋作は、無性に腹を立てた。武士はいざというときに役に立つからこそ武士なのである。逃げ惑うなどということがあってはならないのだ。が、現実はそうではなかった。戦の経験もなく、大平の世に慣れてしまった武士には、百姓町人に笑われるようなことしかできなかったのだ。

それにしても外夷の武力はそんなにも優れておるのか。……すると、とてもではないが、尋常の手段では防ぎきれぬぞ。むろん、こうなることを覚悟で、長州藩を引っ張ってはきたのだが、現実に下関が砲撃され、前田村が炎上したと聞いて、晋作は思わず身震いした。一瞬おののきのなかに投げ込まれた彼は、なにを恐れておるのじゃ、晋作！――そう自分にいいきかせ、肩をほぐして坐り直した。

周布の苛立たしげな顔に、瀬戸達之助たちの顔が重なってきた。どうすればよいのかわからないながら、日本を守ろうとする気魄に支えられて輝いていた目やあの熱っぽい雰囲気を、晋作は欲しいと思った。

それは、まだ見ぬ太平天国軍の農民軍団であった。彼らのように、……そうだ、と晋作は考えた。達之助たちの力を――幕藩体制の中でがんじがらめになりながらも、その固い殻を突き破ろうと身構えている力を、この攘夷戦に利用するのだ。むろん、すぐには役に立たないし、外夷の力には及ぶべくもない。しかし、当面攘夷戦に立ち向かうその力は、やがて幕府を倒すための大きな戦力になるはずであった。

まず有志隊の見本を作り、長州全土に無数の有志隊を結成する——その組織された力を背景に藩政を握るのだ、と晋作は思った。

「よし、その有志党とやらの結成を許す」敬親はようやく、重い口を開いた。「ただし、来島又兵衛と充分に相談するのじゃぞ」

「心得ております」やっとそのときがきたのだ——晋作は力強くうなずいてみせた。

うまくゆけば、関ケ原以来二百六十年の怨みを晴らすことができるかもしれない、と彼は思った。いや、なんとしても晴らさずにはおれないのだ。むろん、吉田松陰を葬り去ったからというだけではない。長崎交易しかり、参勤交代しかり、安政条約しかり、大獄しかり、公武合体しかり——すべて、徳川という「私」のための政治がまかり通ってきたのだ。天下の正論はしりぞけられ、ただ徳川を守るためにのみ、すべてのことが生贄に供されてきたのである。このままでは、外国の思うがままにされ、やがて上海のように蹂躙されてしまうにちがいなかった。それを恐れるがゆえに、晋作は、長州藩を攘夷へ攘夷へとかりたててきたのだ。外夷の恐怖をまえに藩民を組織し、攘夷の一大天地をつくる——そして、幕府に徹底して反逆するのだ。……やがて、幕府が攻め寄せてくる。

「憎い徳川め、いまに手玉にとってやるわ」

晋作はそうつぶやき、朝露の光っている白い立葵《たちあおい》の花に鋭い視線を投げた。

5

暮色に包まれた下関のまちはいやに静かだった。前日のフランス軍の襲撃を避けて山向こうの村々へ疎開した町人たちは、その大半が帰っていないらしく、店を開けている商家もまばらだった。

壇之浦から観音崎を過ぎ、光明寺の前で駕籠を降りた晋作は、さびれ果てた町筋を感慨深く眺めやりながら歩いていった。目の前に見える彦島や巌流島の翳りのなかでとりわけ暮色を増している海峡には、船の灯が二つ三つ揺れているだけであった。

二人連れの漁師風の男が歩いてくるのに出逢ったが、人通りはほとんどなかった。行きすぎてからひとりの男が戻ってきて、晋作と並んでしばらく歩いた。

変なやつだな、と晋作は思った。五分ほどに伸びた髪の毛がよほど珍しいのかとも思ったが、そうでもないらしかった。

「なにか、用か……」

「もしや、あなたさまは」口をきいたのは、無精髭を伸ばし放題にしたような男だった。「あのォ、もしや高杉さまでは……」

「そうだが、おまえのような知り合いをもった覚えはないぞ」

「高杉さま。ほら、二年半ほどまえ、越中から連れ帰ってもらいやした安蔵でございますじゃ」

「安蔵？」晋作はやっと思い出した。「仏の八兵衛とかいう男の船の、水先案内をしとった男か」

「へえ、あの神興丸ちゅう船の……。高杉さま、あの時は」

安蔵はぺたりと道に坐り込むとおそろしく丁寧に頭を下げた。

「よいのか」連れの男を目で追って晋作はいった。

「へえ、ひさびさに船に乗り込むところですじゃが、まだ時間はありますで。ところで高杉さま、下関は火が消えたようになっちょりますが、これからどうなりますのじゃ？」

「どうなるとは……？」

「いえ、みなの衆は、外夷の艦隊がもうすぐやってくるちゅうて、生きた心地もしとりません。なして、戦をせにゃならんと嘆いておりますじゃ。それというのも、たよりにしていたお侍さんが戦いもせんで逃げたちゅうことを聞いて、もうおしまいじゃ、もうおしまいじゃと……。しかし、なんちゅうても、下関はわしらのまちですで、夷どもに焼き払われてしまうのが、なんとも腹立たしゅうてなんねェです」

「安蔵、そういらいらしたところで仕方があるまい。まァ、ゆっくりと船に乗っていろ。そのうちに片がつくわ」

安蔵はわかったようなわからぬような顔を晋作に向けた。

「もし叶うものなら、わしとて、銃のひとつも握って夷どもに刃向うてみたいと思いますじゃ。仕事はないわ、物はどんどん上がるわで、目に見えて暮らしにくうなってきちょります。むずかしいことはわかりませんじゃが、夷どもさえ来んようになればもっと暮らしようなるといわれてみれば、もう腹の虫がおさまりませぬ」

安蔵の口をついて出る言葉は、晋作のやろうとしていることにぴたりと当てはまっていた。

「ところで、安蔵。小倉屋というのはどこじゃ？」

「白石さまのお屋敷なら、わしが案内しますじゃ」

安蔵は先に立って歩き出した。


竹崎町の回船問屋小倉屋、白石正一郎の屋敷の裏手はすぐ海へ続いていた。数棟の倉庫の間を抜けて浜門を出ると、艀を浮かべた波がひたひたと石垣を洗っている。

間歇的に波の音が聞こえてくる部屋で、白石正一郎は入江杉蔵たちと夕餉をとっていた。

大抵顔は出さないのだが、この日は、長崎へ行っていた杉蔵が無事に帰ってきた祝いの意味で、同席することにしたのだった。

「いかがでございましたか？」正一郎は親子ほども年の違う杉蔵に、酌をしながらいった。

「長崎は活気がありますのう」と杉蔵は言葉を濁した。

彼は、志道聞多、伊藤俊輔ら五人の一行がイギリスへ出発するのを見送りがてら、彼らを通じて、内密に武器の調達をするために長崎へ行ってきたのである。武器の購入はおおむねうまくいった。ただ、志道聞多たちが外遊したことは誰も知らないことだったから、杉蔵は言葉を選びながら喋らねばならなかった。

「わたしも長崎商人のようにでっかい商売を、死ぬまでに一度はやってみたいものです」と、正一郎は白いものの混じった髪に手をやりながら笑った。「というても五十ですから、先はそう長くはありませぬが……。そして、こいつをやろうとすると、いまの世の中じゃできんのです。薩長交易ですら、本藩の御用商人にしてやられた有様ですからなァ……」

「幕府を倒さぬとできぬというわけですな」

正一郎は無言で、うなずいて杉蔵に答えた。

彼が国学者鈴木重胤に教えを受けたのは、七、八年前からである。重胤は正一郎と同じ歳で、平田篤胤の学統を受けつぎながらやがて将軍を認める篤胤に対して、はっきりと幕府を否定する立場に立っていた。その重胤から、彼が大きな影響を受けぬはずはなかった。

「話は変わるが、聞くところによると、土佐では勤王党の解散命令が出されたとかいうことですが……」河上弥市が箸を動かしながらいった。

「あまり、まわりのことに目を奪われぬことじゃ」

杉蔵がぴしゃりと決めつけると、河上弥市は不満そうに黙り込んだ。

光明寺にいた河上弥市は、久坂玄瑞や山県狂介を追って上京したのだが、下関が燃えていると知って、途中から引返してきたのだった。

白石正一郎が席を立ってしばらくすると、風のように、晋作が姿を見せた。なんの前ぶれもない突然の来訪に、杉蔵たちは目を白黒させた。

「どうして、ここへ？」杉蔵が席をあけながら尋ねた。

「出てこいというから出てきたのだが、馬関はまるで死のまちではないか」

みんなは声もなかった。

「それじゃ、ひとつわしに協力してもらおうか」太刀を脇へ置いて、晋作は床柱を背にして坐った。「今朝、殿に逢うて許しを得たのだが、ちかぢかこの馬関で、有志党を結成する」

「有志党じゃと？」

「いや、奇兵隊にしよう」晋作はきっぱりといった。「のう、杉蔵——戦に虚実があるように、兵には正奇がある。正兵は正々堂々と衆をもって敵に臨む。つまり実をもって実に当たるのだが、これは総奉行配下の大組隊じゃ。この正兵に対して、わしの作ろうとしている奇兵隊は、寡兵をもって敵衆の虚をつく。つまり、神出鬼没して敵を悩ますにある。常に奇道をもって勝を制しようとするものであるから、奇兵隊と称する。どうじゃ」

奇襲、奇才、奇骨、奇警、奇抜、奇跡……、晋作はつぎからつぎへと言葉を想い浮かべて、自分でも満足した。

「奇をてらうおぬしにはふさわしい奇想天外な名前じゃ」

と杉蔵がいった。

「なるほど、奇策じゃ」河上弥市が感心したように膝を乗り出した。

「おぬしたちには、中心になって働いてもらわにゃならんぞ」

「むろん協力するが」杉蔵が膝をうった。「いったい、どういう人間を集めようというのじゃ?」

「いまや、匹夫の志も奪うべからざる時代じゃ。殿にも申し上げたが、士卒、軽輩はむろんのこと、百姓、町人果ては浮浪の徒といえども、勇武のもので身を挺して国難に当たろうとする者でさえあれば、入隊を許そうと思っているのじゃ」晋作は、居並ぶひとりひとりの目をじっと見つめていった。

「浮浪無頼の徒までもか……」杉蔵が首をかしげた。

「陣中規則さえしっかり作っておけば大丈夫じゃ。ただし、入隊するしないにかかわらず、町民に迷惑をかける輩はまちから放逐する。明日、来島又兵衛どのを訪ねるが、おぬしついてきてくれ」

「うむ。まずは乾盃じゃ」

杉蔵は盃を高々とさし上げた。

入江杉蔵を連れて総奉行の詰めている陣屋へ入っていくと、片膝をついて銃を構えている侍たちのそばで、向う鉢巻の大柄な男がしきりにがなりたてていた。

「来島どの、猛訓練ですのう」

晋作の声に振り返った顔は、油をぬったように黒光りし、深い皺が幾筋も走っていた。四十半ばだが、すでに五十を過ぎている風貌であった。

「補佐するよう、命を受けてまいりましたが」

「それはご苦労じゃ」部下に訓練を続けるようにいいつけて、又兵衛はふたりの先に立って館のほうへ歩いた。

「老幼さまざまであれ、とにかく兵はありますが、外夷に壊された大砲をいかがなされる？」

と晋作はいった。銃術の訓練を受けている藩兵の中には、五十、六十の年老いた侍から、十四、五の少年まで混じっていたのだ。

「それじゃが」又兵衛は苦悩の色をみせた。「これから新鋳させようと申しつけたところじゃ」

「新鋳では、外夷の艦隊がこの一、二カ月の間にやってくるとなると、とても間には合いますまい。たしか、佐賀藩では、反射炉を設けて、大量に大砲を鋳造していると聞いておりますが、真木和泉どのの久留米藩を介して、なんとか売ってもらえるよう計らえませぬか」

「おお、それは名案じゃ！」又兵衛は目を輝かせた。

「ならば、わしが手配しましょう」晋作は、杉蔵を呼んだ。「おぬし、松島どのと連絡をとって、久留米の藩士で下関にいる者を連れてここへ来るように言ってくれぬか。武器の購入じゃ。ぜひ頼むとな」

又兵衛は、晋作の手際よい処置に感心しながら口を開いた。

「ご覧のとおりじゃ。年のいったのやら、年端もいかぬのやら、これでまともな戦ができれば不思議じゃわ」

向う鉢巻をはずしながら、又兵衛は溜息をついた。そこへ使番の宮城彦助がやってきた。倍ほど歳はちがうが、晋作とは従兄の間柄だった。攘夷戦で怪我をしたらしく、手には手拭を巻いていた。

「いよいよ、乱暴者のご出馬でござるか」

「それはご挨拶じゃ」と宮城にいい、晋作は、昨夜書いた紙片をとり出して又兵衛の前に広げてみせた。「正兵は大組の部隊を当てていただくとして、わしは、専ら力量中心の奇兵隊を作ろうと思いますが」

「それはよい」と、又兵衛は即座に賛成した。「殿が決断されたのなら、わしは諸手を上げて賛成じゃ」

「手元役、拙者も奇兵隊に加わってよろしゅうござるか。こやつは乱暴者につき、従兄の拙者なりともついていぬと心配でござる」

「貴公が？」又兵衛は驚きの目で宮城を見た。「まあ、あまり表沙汰にせぬならよかろう」

陣屋を辞すと、晋作は宮城彦助と一緒に白石の屋敷へ帰ってきた。そして、杉蔵たちを一室に集めた。

「よいか、みなの衆、明日、この白石邸において奇兵隊を発足させる。ついては、来島又兵衛どのの了解も得たゆえ、藩兵の屯集する大坪の了円寺、伊崎の利慶寺その他陣屋へよびかけられたい。杉蔵、すまぬが赤根武人をつれて、ひと演説ぶってきてくれ」

すぐさま、二人は出かけていった。

「つぎは町筋に立てる高札じゃ。河上、十五、六本ばかり作って、滝弥太郎と一緒に人の大勢集まりそうなところへ立ててこい。文章はこうじゃ。当地にて奇兵隊を結成するにつき、隊員を募る。門地、貴賤を問わず、国事に挺身する志のある者はすべて入隊を許す。あとは、白石邸で受け付けるということじゃ。なんなら、ついでに演説してきてもよいぞ」

晋作はてきぱきと指示した。みんなが出ていったあと、宮城彦助を相手に、稟議書の原案をつくった。

「これでどうじゃ」と宮城が低い声で読んだ。「一《ひとつ》、奇兵隊の儀は、有志の者相集まり候儀につき、陪臣、軽卒、藩士を選ばず同様に相交わり、専ら力量を貴び、堅固の隊に相調え申すべしと存じ奉り候。一、奇兵隊の人数日々相加わり候。ついては小銃隊の者をはじめ正規軍に属せる者も相加わり候え共、畢竟匹夫もその志を奪うべからずにつき入隊を許しおり候趣に御座候。相招きは仕らず候えども、自然奇兵隊に望み参り候わば、隊中へ相加え申すべしと存じ奉り候」

晋作は思わず笑いこけた。

「はっはっは、相招きは仕らず候えどもか。宮城さんもわし以上じゃ。ここまで書けば、誰も嘘とは思うまい」

「いや、わしはなにも」宮城彦助は頭を掻きながら抗弁した。「大組隊につきおうてきた感じからいうて、奇兵隊に馳せ参じるのがようけ居ると思うたから書いたまでじゃ」

「なかなか結構じゃ。つぎは……」

「一、隊法の儀は和流西洋流に拘らず、おのおの得意とするところのものをもって接戦仕り候事……」

晋作は数カ所を加筆訂正したあと、河上弥市を山口へ走らせた。

「たいした反応じゃぞ」と、帰ってくるなり杉蔵が告げた。

「陣屋では大組の隊長連中が、藩の許可を得ておるのかなどと、あわてて騒ぎ立てる始末じゃ」

「来島どのに聞いてみられよ、というてやった」赤根武人が楽しげにいった。

「まちでは、なんやら騒いでおるそうですのう」しばらくすると、白石正一郎が弟の廉作を連れて入ってきた。「いまも、竹崎の年寄連中が詳しい話を聞かせてくれというて来とりますが……。高杉さま、いよいよ明日でございますな」

「世話ばかりかけて申し訳ござらん」

「いや、いや。それより高杉さま、ちょうど弟の廉作めも、参ったところでございますゆえ、いかがなものでござりましょう、奇兵隊とやらの発足を祝って女などを呼んで騒ぎましては。ただ、藩からは倹約令とかが出とりますもので、あまり大騒ぎもできませぬが」

「しかし、これ以上迷惑をかけては……」

「迷惑だなどととんでもございません。わたしも商人でございます。高杉さまたちが出世なされたあかつきには、せいぜいご贔屓にしていただきますとも」

「兄さん！」四十半ばの白石廉作は、腹の底を正直にさらけ出してしまった正一郎をはらはらしながら見つめていた。

早速、離れ座敷ににわか仕立ての宴席が用意され、秘かに数人の芸妓が呼ばれた。

「よしこののことを、江戸では都々逸というんじゃ」と注釈を加えた晋作は、いつの間にか覚えてしまった三絃を爪びいて、即興のよしこので座を沸かせた。

三千世界の烏を殺し
　ぬしと朝寝がしてみたい

「お上手どすなあ」女が感心したようにいった。酌をする白い指がきれいに伸びている。

「此の糸、高杉さまにどんどん飲んで貰うんじゃぞ」正一郎がそばからいった。

その声にうなずくように、此の糸と呼ばれた二十歳位の芸妓は、目を細めて晋作に笑いかけた。

6

あくる朝、白石邸の門前に〈奇兵隊受付所〉と書いた貼紙をして、赤根武人、滝弥太郎、宮城彦助が長机を囲んだ。

小倉屋の使用人がドーン、ドーンと大太鼓を打ちはじめると、受付が開始された。晋作が正一郎に頼んで、町内の神社から借りてきた祭礼用の太鼓だった。門前には入隊を希望する者たちの長い列が続いていた。どこからどう伝わったのか、遠くは山口のあたりから駈けつけてきた者もいた。

前夜のうちにあらかじめ入隊を申し出た正一郎兄弟ら十五名のあとに、つぎつぎと名前が書き連ねられていった。

面接の終わった入隊志願者を奥の部屋へ案内するのは、宮城彦助の受持だった。彼はすでに十余名を案内していた。足軽、中間、陪臣はむろんのこと、大工あり、遊女屋の下男あり、漁師あり、百姓あり、浪人ありといった具合で、服装も持物もまちまちだった。長押《なげし》に何十年も掛かっていて錆のきている槍を持ってきた樵《きこり》がいるかと思えば、銃を持っている猟師もいたし、二本差しの浪人も混じっていた。

審査は厳格に行なわれた。予期した以上に集まったせいもあるが、なかには食い詰めて悪事を働いた者やまちの鼻つまみ者などが潜りこんでいたからである。

「名前は……、歳はいくつじゃ?」前に立った漁師ふうの男に、赤根が質問した。

「へえ、治助と申しますだ。歳は……」と男は指を折った。「五十五でござりますじゃ」

「ちょいと歳をとりすぎておるのう」

「攘夷の気持ちは、どこもかわりはござりませんじゃ」

「……」

「お侍さん。た、高杉さまにお取り次ぎくだされ」

「なに、総督を知っておるのか」赤根が驚いて尋ねた。

「わしは、伜と一緒に水先案内をしとりますじゃ。その伜の安蔵がのう、高杉さまにえろうお世話になって、少しでもご恩を返せたらと思うてはァやってきましたんじゃ」

「困ったのう……」

「お侍さん。附船《つけぶね》にかけては、この下関ではわしの右に出るもんはおりませんじゃ。附船はいらんちゅうのなら、兵糧係なと使い走りなと、なんなりとお使い下され。たってのお願いでござりますじゃ」

赤根は苦笑した。

「……ようし、行け」うしろに坐っている杉蔵と顔を見合わせて、
治助は、宮城のうしろをひょこひょことついていった。

「水先案内だといったな。きっとお役に立つのじゃぞ」

「へえ、心得とりますじゃ」治助は海老のように腰を曲げた。

十字槍を杖がわりに突きながら歩いていく治助のまぶたには、七日前の光景が手にとるように浮かんでいたのだ……

附船、つまり水先案内として壬戌丸に乗り組んでいた隣家の養子利吉が、重傷を負い、戸板に乗せられて帰ってきたのは、その日の夕刻だった。養父の七之助とは古くからの附船仲間だったから、治助は、ちょうど船を降りていた息子の安蔵とすぐに駈けつけたのだった。

「利吉、しっかりせえ！」

病みあがりの七之助は精一杯の声で、全身に白布を巻いた利吉を叱りつけるようにいった。

目と鼻と口で辛うじて夫とわかる利吉のそばで、腹のふくらみが目立ちはじめたふじは、唇

を噛んでじっと涙をこらえていた。

利吉は襲ってくる痛みに耐えかねて、間歇的に獣のような声をあげた。

「若殿さまがお乗りになる船じゃいうて、はりきって出かけたのじゃ。わしの腕が認められたっちゅうてのう……」七之助は目をしょぼつかせて、治助と安蔵に訴えた。

治助は、つい最近、蒸気船に雇われたことがあった。それは商船だったが、治助の目にもはっきりとその優秀さがわかった。船足も早いし、数倍も大きかった。だからこそ余計に、赤子の手をねじるように利吉を傷つけた外国軍が無性に腹立たしかったのである。むろん、久坂玄瑞たちが攘夷期限を口実に、無理矢理砲撃を開始したことからこの戦がはじまったことを、治助は知るよしもなかったが……

利吉の呻き声は、少しずつ間遠になっていった。

一刻も経ったころ、表で馬のいななきが聞こえ、三十半ばの侍が入ってきた。

「利吉といったな。しっかりせい」侍は利吉を揺さぶっていった。利吉はかすかに薄目をあけた。「殿からのおぼしめしじゃ。松島剛蔵が使者としてまいった」

松島剛蔵は懐から一枚の紙きれを取り出して、一気に読んだ。

「利吉、二人扶持四石を給し、士分に取り立てる。ありがたくお受けするがよいぞ」

名前を呼ばれて、利吉はカッと目を見開いた。

「わ、わしはし、士分になったのじゃ。士分じゃ……」

利吉は口だけをうつろに動かして、ふじの姿を探した。ふじが手を握ってやると、利吉は静かに目を閉じた。臨終であった。

利吉の葬いが終わると、年老いた七之助はふたたび附船に立った。

奇兵隊の隊員を募るという布告を見たとき、

「七之助よ、おめえさんに代わってなあ、わしがきっと仇をとってやるでェ……」と、治助は利吉の位牌に告げ、拳を握りしめて決心したのである。

いまも、治助の耳には、七之助の狂ったような叫びとふじの泣き声とが果てしのない木霊のようによみがえってくるのだった。

受付所のほうを振り返ると、志望者はまだ何十人となく続いていた。

「つぎ……」と滝弥太郎がいった。

「なんじゃ、三国仙太郎ではないか」うしろの席から杉蔵が声をかけた。「おぬし、河上彦斎と一緒に京へ行ったのではなかったのか」

「兵庫の室の津で敗報を聞いて、あわてて引っ返してきましたのじゃ」

「ご覧のとおりじゃ。訓練をしっかりやらぬと役に立たぬわ。剣のほうをたのむぞ」

三国仙太郎は軽く頭を下げ、赤根たちと手を握り合って屋敷の中へ消えていった。

「ずいぶん集まったのう」山口から帰ってきた河上弥市がぬっと顔を出した。「いまで、何人くらいじゃ？」

「三十六人じゃ」赤根武人がはりのある声で答えた。

「そうか。この調子だと五十人近くにはなるじゃろう。それにしても、下関のまちは奇兵隊取り立ての話でもちきりじゃ。愉快ではないか」

「これからが、大変なのじゃぞ」杉蔵がその場を引き締めるようにいった。

襖を取り外して二十畳ほどになった部屋は、人いきれで汗が噴き出してくる暑さだった。晋作の前にはさまざまななりをした隊員たちが、おもいおもいの格好で坐っていた。居並んでいる五十人ほどの顔を見ていると、晋作はなぜかおかしさが込み上げてきた。百姓、樵、侍、漁師、大工、商人……と、それはいかにも奇妙な取り合わせだった。治助を除いては、どれも筋骨たくましく、期待をかけるとすれば、そのたくましさと憂国の心情であった。

寡兵をもって敵衆の虚をつく、奇道をもって勝ちを制する……などと偉そうな文章を連ねて政事堂へ出したのだが、果たしてうまく運ぶのだろうか——不安な気持ちがふと脳裡をかすめた。

「やろうか」杉蔵がそばからいった。

晋作は不安感を打ち消すようにすっと立つと、長い時間をかけて一同を見渡し、重々しい声で語りかけた。

「みなの衆も見聞しているように、わが士風は衰微の極みにあるといってよい。むろん、門閥門地をもって世襲してきた結果じゃ。平凡愚庸の者が上におって、俊才の士が下に屈しておるようでは、とてもではないが、この国難に当たることはできぬ。したがって、この悪弊を打破し、門閥門地を論ぜず、貧富貴賤を論ぜず、大いに忠勇義烈の士を会し、規律を正して内憂外患に当たろうとしておるのが、今日ここに結成する奇兵隊じゃ」

下手の席で、白石正一郎は晋作のひとことひとことに相槌を打っていた。

「……みなの衆に存分の働きをしてもらうために、本隊には士農工商の階級を設けぬ。つまり、誰もが奇兵隊士という身分じゃ。苗字帯刀御免の儀は、早急に藩庁とかけあうつもりだから、せいぜい張り切ってやってもらいたい」

みんなのなかから、いっせいに驚きの声が上がった。大半が、帯刀はおろか苗字さえ許されない下層の者たちであった。

「……ひとりひとりが力を合わせるべき同志じゃ。むろん、顔がちがうように持てる力はちがう。例えば治助爺さんは、附船をやらせれば天下一品じゃ。よいか、ひとりでいくら張り切ってみたところで外夷の大砲にはかなわぬ。奴らに勝とうとすれば力を合わせねばできぬぞ。こうして集まった五十人が本当に力を合わせれば、優に二百人や三百人の力が出せるはずじゃ。よいな、衰えた士風に代わってわが長州藩を背負うもの、それこそがみなの衆じゃぞ」

はじめのうちはもじもじしていた男たちもじっと晋作を注目しはじめ、誰かのはじめた拍手に誘われるように手を叩いた。

「わしが奇兵隊総督、高杉晋作じゃ。顔は長いが心は丸い。背は小さいが、肝っ玉はでっかい――これがわしの取柄じゃ」

一座は爆笑につつまれ、沸きに沸いた。

「冗談はさておき、奇兵隊には総督と数人の司令を置く。軍中の定めは司令の入江くんより伝えるが、みんなの朋輩のなかに志ある者がおれば入隊を歓迎するぞ。最後にもっともうれしい知らせじゃ。同志である当家の白石正一郎、廉作どのの好意で、奇兵隊の結成を祝って酒肴を出していただくことになった。ありがたく頂戴されるがよいぞ」

杉蔵が立ち上がった。

「奇兵隊士は、いうまでもなく、みんなの模範とならねばならぬ。したがって、次の定めは厳重に守ってもらいたい。意見があれば、諸君は司令に、司令が総督に伝える。隊中みだりに他行したり、淫乱、高声をしてはならぬ。喧嘩、口論はいうまでもない。さらにもうひとつ、陣中において、敵味方の強弱を批判せぬことじゃ。ここへ貼り出しておくから、とくと見ておくがよいぞ」

用意した飯粒を練りまぜて、杉蔵は一枚の半紙を長押に貼りつけた。

まもなく酒肴が並べられた。晋作は挨拶にやってくるひとりひとりの手を握った。農民が半分、陪臣、足軽などの下級武士が半分近く混じっていた。

宴が終わると、あとを宮城彦助に頼み、晋作は杉蔵たちを連れて小料理屋へ飲みに出かけた。
七、八丁歩くと新地だった。宴席へ呼ばれていた芸妓たちがぞろぞろと帰ってくるのを冷やかしながら、晋作たちほ下関でも一、二という、門構えにも存分に金をかけた店へ入っていった。庭の雪洞《ぼんぼり》が仄かに明るい。
「おい、大丈夫か。二階へ上がれば一等の眺めじゃが、安くないぞ」赤根がいった。

「まかせておけ」と晋作は答えたが、むろん白石正一郎の懐をあてにしての話だった。

入った部屋の窓際から彦島の夜景を眺めていると、奥の部屋から女の悲鳴のような声が聞こえた。

「なんじゃ……?」河上弥市が聞き耳を立てた。

「放っておけ。どうせ楽しんでおるのじゃ。……それにしても五十人とはよう集まったのう」晋作はうれしそうにいった。

「一日でこれだから、すぐに二、三百にはなるぞ」杉蔵は、酒を催促する柏手を打ちながら話を合わせた。

女の悲鳴が、今度は、誰の耳にもはっきりと聞こえ、廊下へ飛び出した赤根武人がどら声をはり上げた。

「うるさいのう。もうちィと静かにせぬか」

と、そのときだった。

「誰に向かっていうておる！」隣りの部屋から、男がぬっと姿をあらわした。肩衣に半袴をつけた若い侍だった。

「ようく聞け。江戸からの途次、下関に立ち寄られた長崎奉行さまにあらせられるぞ。控えよ！」

「ほう、それは奇行じゃ。長崎奉行どのが女に悲鳴を上げさせて喜んでおられるのか」

「なにを無礼な！」

「高杉さん！」赤根が止めた。

が、晋作はもう立っていた。みんなもつられて立ち上がった。そして、奉行所の若い侍を押しのけて、奥の間へ向かったのだ。

「待たぬか！」役人があとを追った。

勢いよく襖をあけた晋作の目は、はっきりと此の糸の姿をとらえていた。嫌がる此の糸の帯に手をかけていた長崎奉行は、

「な、なに奴じゃ！」とどもった。

「わしの女を、いかがなされるおつもりじゃ」

頬の肉が重そうに弛んでいる四十男の顔を睨みつけて、晋作は怒鳴り返した。

「曲者じゃ、出合え、出合え！」

「曲者？　曲者とはどういうことでござる！」

「無礼者。退がれ、退がれィー」

一同を取り囲んだ数人の奉行所役人たちは、さっと刀に手をかけた。それで引き下がると思ったらしかったが、晋作は長崎奉行の目の前に突っ立っていた。むろん、長崎奉行が千石の旗本であることを知っての行動だった。

「頭《ず》が高いぞ。控えよ!」

役人の言葉を無視して晋作はいった。

「……お奉行どの。わしたちを斬れば、奇兵隊という命知らずのけったいな侍どもが、わんさと押し寄せてきますぜ……」

「なにをッ!」役人たちはいきり立ったが、辛うじて奉行が制した。彼は、きわめて個人的なことであるとともに、部下の少ない下関であることの不利をみてとったのにちがいなかった。

此の糸を奪うようにして、晋作たちは別の店へ行った。一刻ばかり飲んでみんなは帰っていったが、晋作はいつの間にか眠ってしまった。

目が醒めてみると、此の糸だけが枕元に坐って、島田崩しの髷に指をすべらせながら、心配そうに晋作を見つめていた。

「ああ、おまえか。どうして帰らぬのじゃ?」

此の糸は黙っていた。

「……いや、許せ。つまらぬちょっかいを出してしもうたのう」

「いいえ、そんなことあらしまへん」と、此の糸はかぶりを振った。「うちは物凄ううれしおしたえ。そやけど、お義母《かあ》はんに不義理してしもうて帰るに帰られへんのどす」

いかにもうちしおれて此の糸はいった。晋作は、重いものを体に乗せられたような気持ちになった。

その日、宴席へ出る仕上げの化粧をしていた此の糸は、急にお内儀に呼ばれ、こんこんと諭されたのである。

「此の糸はん、よろしおすな。今夜のお客さんは大事なお方や。知っといやすやろ、長崎のお奉行さまえ。ちゃんといううこときかなあきまへんえ」

それがどういう意味なのか、むろん此の糸にはわかっていた。

「お義母はん。なんやら、今日は気がすすまへんわ」と此の糸はいった。

「なんどす、そのいい方は……。此の糸はん、下関の芸妓衆はな、きれいな上方言葉を使うのやいうこと、忘れはったらあきまへんえ……」

此の糸は、同輩のあとから、のろのろと芸妓置屋〈堺屋〉の玄関を出た。

ほかの芸妓衆を帰らせたあと、長崎奉行は此の糸に盃をすすめた。

「のう、此の糸、悪いようにはせぬ……」

膳を払いのけてにじり寄った長崎奉行の顔がすぐ目の前にあった。そのときは、お内儀の言葉に従うよりほかはない、と此の糸は思っていた。どうせ帰るところのない、汚れてしまった体なのだ。誰に抱かれようと大して問題ではなかった。彼女は、許すでもなく拒むでもなく、ただ奉行の動きを見ていた。

「芸を売っていたところで、一生梲《うだつ》は上がるまい……」

此の糸を横から抱きかかえるようにして、奉行は胸元へ右手を差し入れてきた。乳房に触れた手はゾーッとするほど冷たかった。

「嫌、嫌ァ……」

奉行の手を力まかせに噛んで、此の糸は畳に崩折れた。カッとした奉行は、背後に垂れた帯を摑んで執拗に彼女に迫ってきたのだった……

「名はなんという？」

「うのどすけど……」

「不義理か。それもそうじゃのう……」

「……」

「おうのか。よし、それならば、わしが落籍《ひか》せてやろう」晋作は無雑作にいい放った。

驚きのあまり放心したように、じっと覗き込んでいるうのの手首を引き寄せた晋作は、体をくるりと反転させると、自分の四股の下に、女の匂いを乱暴に包み込んだ。

事のついでじゃ、白石どのに無理をいうしかあるまい――どこからも金の入ってくるあてのない晋作は、翌朝白石の屋敷へ帰ってくると、頭を掻きながら借金を申し出た。藩から渡される父の小忠太への手当が高杉家の収入の全てだった。

仔細を聞いた正一郎は、

「高杉さまのたっての頼みとあらば、なにはともあれ用意はいたしますが、抱え主の〈堺屋〉の意向も問うてみなければなりますまい」と言葉を濁した。「それに、身請けするとなると女を住まわせる家も都合せねばなりませぬが……」

「このとおり、よろしくお頼み申す」

父親に叱られている子供のように、晋作はじっと頭を垂れていた。

7

〈奇兵隊本営〉と墨痕あざやかに書かれた表札の反対側の柱に、赤根武人が、〈不拒来者、不追去者、犯法者罰、為賊者死〉と十六文字の隊則を掲げた。

「総督、これでどうじゃ」

「来る者は拒まず、去る者は追わず、法を犯した者は罰し、賊を為した者は死、か。うむ、それでよかろう」

晋作は満足気にうなずき、阿弥陀寺の境内へ入っていった。

結成以来、白石正一郎の屋敷を屯所にしていた奇兵隊は、隊員の数が日増しに増え、壇之浦に近い阿弥陀寺に本営を移した。選鋒隊からは身分の低い武士たちの入隊が相つぎ、源次郎が若衆組の若者三人を連れてやってきたのをはじめ、三田尻、室積、長府、小郡、遠くは萩やその周辺の農家からも、奇兵隊結成の噂を聞いて馳せ参じる者があとを絶たなかった。

奇兵隊に入れば武士なみの身分になれるとの風聞とともに、まちの鼻つまみ者を片っ端から放逐したことが、奇兵隊の声望を高めていたのだ。

隊員たちは、滝弥太郎に引率されて前田砲台の修復に出向いていた。だが、砲台修理に追われて、訓練のほうはまだ手がつけられていなかった。

「本日午後より訓練に入るぞ。よいな」集まっている司令たちに晋作はいった。「剣術、槍術、馬術、西洋銃陣の順序でやってくれ。なんとか格好がついてきたら大砲射術に入る。とりあえず、入江、河上両君の担当じゃ。宮城さんは文学稽古のほうをたのみますぞ」

「なんとも羨しいかぎりじゃ」

来合わせていた土佐浪人の吉村寅太郎が口を挟んだ。彼が下関へ来たのは前日だった。晋作たちは白石の屋敷で逢ったのだが、京の情勢はきわめて複雑な様相を呈していた。

吉村寅太郎の話によると、破約攘夷の体制はいまにも崩れ去ろうとしているというのだ。

五月十日をもって外交を拒絶し、生麦事件の賠償金は支払うべからずとの命を受けて東下した老中小笠原長行《ながみち》が、独断で、攘夷期限の前日、十一万ポンド、約二十七万両という大金をイギリスに支払い、将軍に代わって東下した一橋慶喜もまた、攘夷不可能として辞表を出していた。そこへ、小笠原長行が軍を率いて上洛してきた。あわてふためいた朝廷は、その兵力に押されて将軍家茂を京から手放したというのである。

「そのうえ、土佐は佐幕に傾き、薩摩藩は藩士が姉小路卿を暗殺した廉《かど》で、御所への立入りを禁止されているような状況じゃ。京は、長州とわしらの手で守るよりほかござるまい」

吉村寅太郎はそういったのだった……

そして、吉村たちが山口の政事堂へ赴いた結果、長州藩は、家老益田弾正を隊長に、来島又兵衛を参謀とする猟兵百人の部隊を派遣することに決めた。益田、来島の抜けた下関では、国司信濃が新しく馬関総奉行となり、晋作は波多野金吾という男とともに手元役に就くことになった。

「本隊からも出せればええのじゃが、外夷の艦隊が横浜に集結したとの噂が入っておりますので、どうにもいきませぬ。兵備も充分でないうえ隊士とて覚束ないかぎりじゃ」

「いや、百人もの援軍を貸してもらえれば、充分にありがたい……」

これから久留米藩へ行くといって、やがて吉村寅太郎は立ち上がった。

門前まで見送りに行くと、砲台修理の作業を終えた隊員たちが異様ないでたちで帰ってくるところだった。

「あのとおりでござる、吉村どの」晋作は複雑な気持ちでいった。

ちょっと見には、山賊の群れかと見まがうほど雑然とした服装だった。半纏に股引きの百姓あり、陣羽織のようなものを着ているのがいるかと思うと、袈裟をたすき掛けにしている者もいた。髪のほうも、侍髷、奴髷、総髪、丸坊主とさまざまで、果ては編笠、陣笠、ねじり鉢巻をつけている者もあった。

「なるほど、草鞋あり、草履あり、下駄ありでござるか。しかし、楽しみじゃ。成果を大いに期待していますぞ」

吉村寅太郎は、何度も振り返りながら去っていった。

艦隊が横浜に勢揃いしたとなると、やってくるのは時間の問題だった。しかし、まだいくらか時間はある――本営に近い商家の離れを借りている晋作は、じっと暗い天井を睨みつけていた。明け放った窓から、波に反射した月光が入ってきて、天井の板に幻想模様を描き出していた。ゆらゆらと揺れてはいるが、波の形はどことなく馬関の海峡を想像させた。彦島の大瀬戸には山床《やまとこ》砲台、弟子待《でしまつ》砲台がある。たとえ彦島に上陸したところで、下関のまちとの間には小瀬戸がある。とすると、外夷の入ってくるのは間違いもなく周防灘か豊後水道だ。問題は、大砲の届かぬ田之浦、大浦――小倉藩から借地して、どちらかに砲台を築くしかあるまい、と晋作は決断した。

翌朝、本営へ出た晋作は、小倉藩との交渉を赤根武人に命じた。結果は予測した通りだった。ただ潮待ちのために停泊している外艦を無闇やたらに打ち払う長州藩へ砲台用地を借そうものなら、大変なことになると小倉藩は考えていたのだ。

つぎの日も、滝弥太郎が数人の部下をつれて田之浦へ渡ったが、交渉は暗礁に乗り上げた形だった。

数日後――百数十人の奇兵隊士は、藩から支給されたばかりの大小を差し、銃を肩にして、小船に分乗して海峡へ漕ぎ出していった。小雨模様の夜だったが、はじめての出陣に連中は沸き立っていた。少し波があった。松明をかかげた先頭の船に、指揮をつとめる河上弥市が乗っていた。

奇兵隊が奇襲してくるなどとはゆめにも思っていない田之浦の村は静かな眠りをねむっていた。小倉藩の兵が急を聞いて駈けつけてきたころには、田之浦は完全に奇兵隊の掌中にあった。

河上弥市は深く踏みこむことを避け、海岸線へ通じる道に布陣した。小倉藩兵はある距離を置いて、じっと長州側の動きを見守っていた。長州藩が朝廷を握っている以上、下手に動くことはできなかったのだ。

夜が白みはじめたころ、十数艘の小船が波をけたてて進んでくるのが見えた。後続部隊だった。

「いよいよ藩庁が乗り出すことになったぞ」

勢いよく海へ飛び込んだ赤根武人は波しぶきを上げて駈けてきた。晋作が独断専行した後を受けて、藩庁が正式な談判に乗り出すことになったのである。

「ようし。測量を急げェ！」河上弥市は顔をほころばせ、大声で命じた。

「総督からの命令だが、田之浦の借地が決まるまでは絶対に動くなということじゃ」と赤根がいった。「二、三日中に、久留米藩も砲台築造のため、大浦へ上陸するという話じゃぞ」

8

風がピタッと止まり、畳の下から蒸されているような暑さだった。

「七月の半ばか、暑いはずじゃ」晋作はつぶやくようにいって、前に坐っている白石正一郎、吉田稔麿の二人を眺めた。「士分になられて、いくらかは涼しうござるかな」

「まったく、氷の着物を着ているように涼しうございます」と正一郎は笑った。「これも高杉さまのおかげです。長府藩から分れた又末家清末藩の、それもわたしのような一介の商人が、こともあろうに萩本藩の士分に列せられるなどと、ほんとうにもったいないことでございます」

正一郎の剃り上げたばかりの月代に、玉の汗が浮いていた。

白石の屋敷へ出入りするようになってから、晋作は機会あるごとに士分への取り立てを進言してきたのだが、それがやっと認められたのである。二人扶持、米三石二斗、高にして十七石の士分だった。このところ、赤根武人、野村和作などが士分の前段階である士雇という身分になり、吉田稔麿も正一郎とともに士分に取り立てられていた。

この夜は、白石正一郎の招宴だった。ひとつには、外国艦隊が長州へは来ずに薩摩と一戦を交えて横浜へ引き揚げたことから、骨休めの意味も込められていた。

「山口周辺の賤民たちを集めて維新団を作ることで、殿から許しを得たのだが、おぬし、知恵を貸してくれぬか」

猪口に数杯の酒で顔を赤らめた吉田稔麿がいった。稔麿は少しも派手なところがなく、むしろ地味すぎるほうだった。かつては江戸旗本の使用人にもなっただけあって、誠実でそつがなかった。

一呼吸おいて、晋作は吐き出すようにいった。

「ほう、賤民を集めるとはおぬしらしいが、果たして役に立つかのう。これまでは百姓ともいがみおうてきた連中じゃぞ。かれらに、攘夷がどうのこうのというたところでわかるものか」

「やはり、おぬしは武家育ちじゃ」稔麿は淋しげな笑いを口許にたたえた。「殿も、維新隊は認めぬ、維新団にしておけという仰せじゃ。代々、大身の家で暮らしてきたおぬしらにはわからぬだろうが、世の中で一番苦しんできたのは彼らなんじゃぞ。それも、彼らにはなんの責任もない。世の中が、貧しい生活を強制してきたのじゃ。食う米もなかったわしには、それがようわかる。士、農、工、商……という身分づけのなかで、蔑まれ、肩を寄せおうてじいっと我慢して生きてきた彼らの気持ちなど、おぬしにはわからんじゃろう」

「……」

「わしは、貧しさを怨みに思うたことが何度あるか。十二の歳に江戸藩邸の使い走りになってからも、勉強したくてもする時間などとてもなかった。だが、おぬしらはゆうゆうと勉強しておったろう。彼らのなかにも立派な奴がおる。教えてくれる者もおらんのにちゃんと漢文を読むのじゃ。そいつがのう、数人の若者をつれて、人を介して隊を作りたいというてきたんじゃ……」

むろん稔麿にも、彼らの力を利用しようとする気持ちがなかったわけではない。が、逢ってみると、稔麿の意識に変化が起こったことは確かだった。世の中の下積みの生活を強いられてきた人間に共通する感情が、互いに作用しあったのである。世直し——これだ、と稔麿は思った。晋作の作った奇兵隊に彼らの力を加えれば、より大きな力量を持つことができるはずだ……

「ほう、賤民どもがでございますか！」正一郎は目を丸くした。

「どれだけ役に立つかはわしにもわかりませぬが、下々の者ほど世直しを願うておるということ、世の中の富を生み出す草莽こそもっと大事にされてしかるべきだというのが、わしの考えじゃ」

「大筋においては、わしも同感じゃが……」と晋作は口ごもった。

「ならば、奇兵隊士として採用するか。むろん汚称は取り除き、帯刀も胴服も許されるが……」稔麿の目には槍先の光のような鋭さがあった。いや、晋作にはそう感じられたのかもしれなかった。

「それは無理じゃ、稔麿。いくら大事な時期だというても、百姓たちは黙ってはいまい」

「いや、わしのいい過ぎじゃ」

稔麿は晋作を手で制した。天保一揆のとき、藩の代官所や豪農、豪商の屋敷をうちこわすと同時に、百姓たちが賤民の村を焼打ちにした話を、彼は思い出していたのだ。

「しかし、目を醒まされたようじゃのう。そうか……」と晋作はうなずいた。

上から下まで、美事なほど徹底して序列のなかに組み込まれている世の中の仕組みに、晋作はふと思い当たったのだった。

「のう、稔麿」と晋作はいった。「上海への途次、長崎で、アメリカでは士卒も町人も分れておらぬと聞いたことがあるが、おぬしのいうておるのは、そういうことじゃろう。とすると、ちょっとやそっとではいくまいぞ。まず、お山の大将を山から引きずり降ろすのが大仕事じゃ」

「まあ、それもそうじゃが……」と稔麿はいって、魚を口に運んだ。「おぬしも政務座役だ。維新団があるっちゅうことを忘れるなよ」

「むろん、忘れはせぬ。一人でも人手の欲しいときじゃ」

そういって、晋作は稔麿の盃に酒を注いだ。

政務座役は、京にいる桂小五郎と同じ役職で、家老格の加判役とともに、藩の機密につい て意見を述べる立場だった。正一郎たちが士分になる少し前に山口の藩庁へ呼び出された晋作は、突然政務座役の辞令を出されたのだ。辞令と同時に、奇兵隊士に苗字を差し許すこと、隊士ひとり当たり月十文を支給すること、被害を受けた前田村、下関の公租を免除すること、死傷者を手厚く扱うことなども決まっていた。

「とにかく、幕府を倒すまでは死ねぬぞ」

やがて、吉田稔麿がいった。彼の目には、濡れたようなみずみずしい光がたまっていた。

晋作は、魚の身を箸に挟んだまま、稔麿が作るという維新団のことを考えつづけていた。

9

赤根武人を相手にして、晋作は〈紅屋〉という商家の離れ座敷で碁を打っていた。

碁盤の中ほどに白い石が点々とあり、まわりに黒い石が領地を守ろうとするように置かれていた。赤根が黒だった。晋作は、赤根が打つとすぐに石を置く。赤根がじっと考える——それがくりかえされていた。力の差はほとんどなかったが、晋作は、赤根のように考えるのではなく、ひらめきにまかせて打ち込こんでいくほうだった。それも、どう見ても黒の領域だと思われるようなところへ遠慮かまわずに置いていくのだ。いわゆる喧嘩碁である。

「そんな小心なことではわしに勝てぬぞ」パチ、と黒の囲みを切って、晋作はいった。

「総督は、口で撹乱する手でござるか」赤根武人も負けてはいなかった。

　彼は晋作と同年に、周防国大島郡柱島の医者の家に生まれたが、武家へ養子に入り、松陰に学んだあと梅田雲浜門下に入った。雲浜が捕らえられたとき、赤根も牢に投げこまれたことがあった。

「碁というものはのう、赤根。考えれば勝てるというものではないぞ。おぬしのようにひとつところを守ろうとすると、それ、こっちはもうわしのものじゃ。碁は戦じゃ。全体を見渡しながら、しかも大胆に布石することが肝心じゃ」

「いや。これからが勝負でござる」

　晋作は鼻歌にのせてよしこのを歌いながら石を置いた。この赤根に、目の前の形勢に支配されずに、自分の力を信じるゆとりがあれば、と彼は思った、おそらく自分よりはるかに強いであろう……。だが、惜しいかな、赤根にはそれがないのだ。悪くいけばやられるかもしれぬという恐ればかりが、赤根の頭の中ではふくらんでいくのにちがいなかった。

「一手及ばずかァ」

「どうじゃ、この一石。見事な布石であろうが。はっはっは」晋作は腹の底から笑った。

赤根武人はくやしそうに石を蔵った。三番とも僅かの差で晋作の勝ちだった。

そこへ、宮城彦助が血相を変えて駈け込んできた。

「総督、総督。大変でござる……」

「どうしたのじゃ？」

「今夜、選鋒隊士がわしの宿舎を襲うというのです」宮城は口ごもりながら事の経緯を説明した。

選鋒隊は、大組隊から壮健な者百人を選んで再編成したものだった。その日は世子元徳の砲台巡視が予定されていて、まず奇兵隊受持の前田砲台からはじまり、選鋒隊の壇之浦砲台へまわることになっていたが、雨が激しく降り出したために中止されていた。

仕事を終えた宮城が、選鋒隊の屯所になっている教法寺前へさしかかったとき、

「おい、宮城。奇兵隊贔屓もいい加減にしろよ！」

薄闇のなかに数人の侍が立ち塞がった。宮城の宿舎はすぐ近くにあった。

「なにをもって、そんなことをいわれる」

「今日の壇之浦巡覧中止も、貴様のさしがねであろう。百姓どもの烏合の衆のくせに、威張るとはもってのほかじゃ。今夜、貴様を斬ってやるから覚悟して待っておれ」ひとりが抜身

を宮城の鼻先へ突きつけた。

「巡覧だと。前田砲台も明日ご覧に……」

「言い逃れとは武士らしくないぞ」

「ま、まことじゃ……」

身を反らせた宮城は、刃先を避けようとして、溝《どぶ》へ足を突っ込んでしまった。溝へ落ちた宮城にペッと唾を吐きかけて、連中は哄笑しながら立ち去っていった。

宮城は宿舎には帰らずに、そのまま晋作のところへ飛んできたのである。

「自分らこそ腰抜け侍のくせに、つまらぬことをいう奴らじゃ。おぬし、二、三十人連れて教法寺へ来てくれ」

赤根にいいおいて、晋作は着流しのまま飛び出した。外は凄い風雨だった。

先に、質屋に間借りしている宮城の部屋を覗いたが、机、襖、棚にいたるまで足の踏み場もないほどに壊されていて、質屋の主人が呆然と立っていた。

「総督。わしがかけおうてきます」

よほど腹が立ったらしく、宮城は腰の太刀を引き抜いて駈け出した。晋作はあわててあとを追った。教法寺の門前にさしかかったとき、闇のなかから仄白い寝間着姿の隊員たちが浮かび出てきた。誰もかも体中ずぶ濡れだった。

「乗り込むのか?」先頭を駈けてきた山県狂介がいった。

彼は、京から帰るとすぐに奇兵隊に加わっていた。

「具足櫃《びつ》を開く音がしとるぞ。おい、みんな、寝間着ではたたかえまい。諸肌脱いで、袖を腰に巻けェ！」狂介が命じた。

晋作は脇の切戸をくぐって入ると、本堂の前で名を名乗った。

「波多野どのに逢いに参ったが、とりつぎを願いたい！」

それを待っていたように、斬れ、斬れ、斬れッと激しい声がしたかと思うと、小銃の音が夜の静寂《しじま》にひびきわたった。

「来い！」晋作は叫ぶなり階段をかけ登った。

隊員たちはいっせいに本堂へ雪崩れ込んだ。

「いたぞォ！」

暗闇のなかから声があがったかと思うと、しばらく剣のふれあう音がつづき、やがて低い呻き声が洩れた。ほかの者は裏から逃げてしまったらしく、居たのは病人一人だけだった。

武具を叩きこわした奇兵隊士たちは、傷を負った味方の一人を担いで引き揚げていった。

阿弥陀寺へ引き返した晋作は、白石の屋敷に泊まっている元徳のもとへ赤根を走らせた。蔵田幾之進という選鋒隊士が、その夜の傷がもとで亡くなったのはあくる日のことである。

切腹して謝罪する旨を申し出た晋作に、

「自刃はまかりならぬぞ」元徳は強くいった。「高杉、貴公のやらねばならぬ仕事はこれからではないか。余を見捨てる気なら、勝手に腹でも何でも切るがよいわ」

「いや、若殿を見捨てるなどと……」

「ならば、追って沙汰あるまで待っておれ」

「若殿、ことの発端はそれがしにござる。なにとぞ、それがしに自刃をお申しつけ下され」

低い声で宮城彦助はいった。晋作に向き直った宮城の目には、きらっと涙が光っていた。「総督、わしのやらねばならぬ分もよろしくたのみますぞ」


ちょうどこのころ京都では、孝明《こうめい》天皇の大和行幸を推進しようと東奔西走している益田弾正、桂小五郎、来島又兵衛、久坂、寺島らの動きをよそに、会津藩、薩摩藩などの反長州の画策が周到に準備されていた。

前年の暮れ、京都守護職として入京した会津藩主松平容保《かたもり》は、天皇が八月二十七日に、攘夷祈願のために大和へ行幸されることになったとの勅命を受取ると、

「いよいよ、そのときがきたか」端正な顔を歪めて、苦しげにつぶやいた。

ちかぢか大和行幸があるらしいという噂は、すでに市中に流れていた。問題はその中身だった。天皇が京を出るや火を放って京中を焼き払い、再び入京できぬようにしてただちに箱根山へ錦旗を進め、幕府討伐の兵を挙げるという内容なのだ。京都守護職にある容保とし

ては放っておくことのできぬ重大事だった。

彼は会津見廻組と近藤勇《いさみ》の新選組に秘かに市中探索を命じていた。そこへ、この勅命だった。

しかし、松平容保は少しもあわてる必要がなかった。彼は、秘かに自分に与えられた孝明天皇の手紙から、無謀攘夷ではなく、公武一和の力による攘夷こそが天皇の真意であることを知っていたからである。

まもなく、天皇の側近に仕える中川宮から、会津、薩摩の力を借りたいという話が持ち込まれてきた。中川宮は、かつては安政条約不勅許の裏工作に立ち働いたことがあったのだが、最近では、三条実美などの若手公家が朝廷を牛耳っているのを苦々しく思っていた。

「近来、叡旨として発表されているもののほとんどは偽勅で、真木和泉、久坂玄瑞、三条実美ら奸臣どもの所為から出ていることは、よくご存知のこと……」髪に白いものが見えはじめた中川宮がいった。「いまや、武力をもって君側を清める以外にはないが、この任に当たれるのは会津、薩摩をおいてはござるまい」

松平容保は、新しい守護兵と入れ替りに退京した藩兵を、すぐに大津から呼び戻すように命じた。これで、武力の点は心配なかった。

やがて、中川宮からの連絡を受けた松平容保は藩兵をひきつれて参内した。十七日が十八日に変わったばかりの深夜だった。あわせて薩摩藩が兵を出し、御所の門はすべて固められた。八・一八の政変である。

一瞬のうちに堺町門の警護を解かれた長州藩は、黙って撤退するしかなかった。

翌日、冷たい雨の降りしきる夜明けの京を、真木和泉、河上彦斎、少数の長州兵に守られた公家たちが落ちのびていった。一方、大和行幸が取り止めになったことを知らない吉村寅太郎たち数十人の天誅《てんちゅう》組は、中山忠光を押し立てて大和平野に挙兵していた……

宮城彦助が切腹に処せられたのは、三条実美ら七卿が海路三田尻へ着いた日の午後であった。急ごしらえの刑場は、伝えられた京の情勢の激変にうち沈み、近くの演習場から聞こえてくる射撃の音もこころなしか弱々しかった。

懐から出した辞世を丁寧に脇に置いた宮城彦助は、晋作たちのほうに軽く頭を下げてから、脇差を静かに抜いた。介錯《かいしゃく》人は河上弥市だった。まぶしい陽の光が、白い裃のうえに落ちつづけていた。

うっ——と声がしたかと思うと、真新しい莚《むしろ》の上におびただしい鮮血が噴き出した。これから奇兵隊士の流すであろう血を予告するように、晋作の目の前に、赤い血の海がひろがっていった。

晋作は目をつむった。がっくりと力が抜けていく感じだった。蔵田幾之進の死も宮城彦助の死も、まったく無駄な死であった。しかし、選鋒隊と奇兵隊との反目は、このふたりの死によって終わったわけではなかった。これはまた、おびただしい死の予告でもあったのだ。

切腹を命じられれば、晋作には、逃れるすべはなかった。が、幸か不幸か、京の政変と天誅組の大和挙兵とが伝えられてきたため、宮城ひとりが切腹を命じられたのだ。

莚に崩折れた宮城彦助の白装束姿が遠い風景のようにぼおっとかすんでいくのを感じながら、晋作はじっと坐っていた。すると、宮城彦助の最後の言葉が、耳のなかにはっきりとよみがえってきた。

「……総督、それがしにかわって、幕府が倒れるのを、きっと、きっと、見届けてくだされよ。きっとですぞ!……」

10

阿弥陀寺前の浜から、秋の海へ一艘の小船が出ていった。最後の奇兵隊士を乗せた船であった。

「わしらも都落ちというところじゃのう」晋作は自嘲を込めていった。

「試練のときにはちがいあるまい」入江杉蔵がきびしい口調で返した。「藩主父子の山口移鎮以来萩城を根城にしている保守派の連中が、政変の責任をとれというて周布どのらの処分を迫っておるそうじゃが、結局は保守派の強硬な意見を呑まざるを得なくなるじゃろう」

「で、周布どのはどちらに?」白石正一郎が尋ねた。

「京の情勢を恢復しようと大坂へ亡命したという話ですが……」

そう答えた晋作もくわしいことは知らなかった。周布、桂、久坂——力になりそうな人物はすべて国元に居ない。いまや、保守派とわたりあうのは自分しかないのだ、と晋作は思った。

彼は、保守派の中心人物である椋梨藤太の顔を想い浮かべた。椋梨の家は、高杉家の筋向いにあった。元服したばかりのころ、政務座役にあった椋梨藤太が駕籠から降りるところをよく見かけたものだ。小忠太を訪ねて、よく家へも来た。

たしか、吉田松陰が小伝馬町の獄に斬られ、晋作が帰郷した直後だった。晋作の部屋へ無遠慮に入ってきた椋梨藤太は、

「やつも斬られるときには泣きわめいたそうではないか」と、皮肉っぽく笑った。「まったく口ほどにもないやつじゃ。やつは長州を亡きものにしようとしておった。やつが居らぬようになって、みんな喜んでおるぞ。ははは……」

酒の臭いがした。晋作はムッとして睨みつけた。なに、泣きわめいただと……

「まあ、そう怒ることはない。貴様の先生も大したものじゃわ。政治を知らぬ兵学者か……」大きな笑い声を残して、猿梨藤太は部屋を出ていった。

その同じ部屋で、尾寺新之丞から松陰の立派な最期の模様を聞いたのは、それからしばらくしてからだった。晋作の胸の中には、椋梨藤太への底知れぬ怒りが砂のように沈み込んで

いった――あれから、もう四年の歳月が流れていた。

教法寺の一件があって、奇兵隊は下関から小郡に近い秋穂《あいお》というまちへ移った。椋梨らから、奇兵隊を解散せよという要求が出されたのだが、それは辛うじて斥《しりぞ》けられ、転陣に決着した。猿梨らは、すでにこのとき、奇兵隊が自分たちの味方でないことを鋭く嗅ぎつけていたのだ。

本陣を万徳院に置いた奇兵隊は、近くの丘陵を舞台に猛訓練を開始した。ひがな一日響いてくる銃声を耳にしながら、晋作は元徳に宛てて長文の手紙をしたためた。いま保守派に屈してしまっては、これまでの努力が水泡に帰してしまうことをこんこんと説いたものだった。奇兵隊に続いて、維新団や農兵隊がつぎつぎに結成され、百姓町人たちも不時の場合には長脇差を許されるところまで進んできているのだ。

彼は加納新吉を山口へ走らせた。七卿を警衛して帰郷した新吉は、その足で奇兵隊に入隊していた。

下関からも山口からも離れた秋穂のまちに、静かな日々が過ぎていった。銃を肩に、赤鞘の大小を差した奇兵隊士たちが、訓練の合間に野道を散策するのどかな風景が見られた。好き合った女を連れて丘へ登る者もあった。小高い丘に登ると、秋穂湾の向こうに広がる周防灘が一望のもとに見渡せた。

晋作の手紙が功を奏したわけでもないが、奇兵隊が転陣して五日もすると、一旦降職した周布たちは復職し、晋作も政務座役に返り咲いた。そして、久坂玄瑞、渡辺内蔵太、楢崎弥八郎が政務座役に、大和国之助が直目付に任じられた。御殿山公使館の焼打ちに加わった連中ばかりだった。

晋作は跡を継ぐことになった河上弥市と滝弥太郎に静かにいった。

「よいか、大事なことは、日本を守るのは自分たちしかないという気構えを腹の底から叩き込むことじゃぞ」

「わかっている」河上弥市は力強くうなずいてみせた。

「貴公の作った奇兵隊じゃ、決してゆるがせにはせぬ。むろん、わしと滝とふたり合わせても貴公の力量には及ぶまいが、及ばずながら奇兵隊総管をつとめさせていただく」

政務座役の仕事で山口の政事堂へ臨むために奇兵隊総督を免ぜられた晋作は、九月の下旬、三百人近い奇兵隊士に見送られて秋穂を発った。奇兵隊が、七卿護衛のために三田尻へ転陣する日の朝であった。

「総督どの、頑張ってくだされェ」

「また顔を見せてくだされよ」

「高杉どのォ！」

口々に呼びかけ、手を振っている隊士たちの顔が、駕籠に乗った晋作をぐるりと取り巻いた。正一郎、廉作の顔があった。治助の目には涙がたまっている。源次郎、新吉、……無数の顔が晋作のほうを向いていた。

「みんなも、立派な侍になってくれ……」

そういいながら、晋作は胸に熱いものがあふれてくるのを感じた。三カ月あまりの僅かな月日だったが、去りがたいものがあった。

号砲がはげしく鳴りわたり、晋作を乗せた駕籠はゆっくりと進みはじめた。

V　光と翳のなかで

1

いつもの年よりは寒い冬だった。早くから氷が張り、軒には氷柱《つらら》が下がった。体は冷えきっているのに、いや冷えきっているからこそ火鉢に屈み込んでいると、頰だけが火照ってくる。

「ねえ、周布どの」晋作は下関からの報告文書に目を通している周布に話しかけた。「発令から二カ月以上も経つのに、いまだに直目付になるのを固辞しているとは、いかにも桂さんらしいではないですか」

晋作は皮肉のつもりだった。

周布政之助は、ううん、とまたいっているのかといいたげな顔を向けたまま、何もいわなかった。

「だから、何度もいっているではないか」桂小五郎は火箸を弄びながら腹立たしそうに抗弁した。「朝廷から逆賊のようにいわれて、藩内には武装上京論が沸き立っている。それを暴発させぬようにするには二つの道しかない。ひとつは、わたしがもう一度京へ出、長州の真意を明らかにしてわが藩の立場を恢復することだ。それと、国元で暴発を食い止める道だろう」

「………」

「藩論の破約攘夷をもって、外交の任に当たってきたわたしのやり方が充分でなかったために、このたびの政変を許してしまった。その責任はわたしにあるのだ。高杉、どのように処分されようと文句のいえぬわたしが、直目付の辞令を頂戴できると思うのか。この際わたしは上京して、外交の場でもう一度長州の立場を恢復せずには気がすまぬのだ」

これだけの辛酸を舐めさせられながら、この人には、叡慮は力によって動かされるということが、まだわかっていないのだ、と晋作は思った。

「桂さん、もう一度考え直してくだされ。貴公の考えは、ひとり身を潔くするものに過ぎぬ。そして、実のところ、長州の当面している難局を回避しようとする態度じゃ」

「なんだと！」小五郎は珍しく声を大きくした。「貴公がそう考えるのなら、それでよい。わたしは独立独行、わが道を行くまでじゃ」

「とうとう長州は桂小五郎にまで見捨てられたか」晋作は大袈裟に溜息をついた。「それでは、周布どのとふたりで、やれるところまでやるしかござりますまい」

そのとき、晋作に来客があった。控えの間に出ていくと、白石正一郎であった。

「廉作どのには気の毒なことでした」晋作は坐るなりいった。

しばらく見ぬ間に白髪が増え、正一郎は老け込んだように見えた。

「いいえ、廉作めにはあれ以上の死に場所はございりますまい。高杉さまからも大事にしていただき、しあわせなやつでした。わたしからいうのもなんでございりますが、若い頃は放蕩ばかりしておりましたのに、よくぞあそこまで立ち直ってくれました……」

正一郎は晋作に目を向けながら、どこか遠いところを見ていた。彼には、岸を離れていく廉作たちの船が見えていたのかもしれない。

正一郎が懇意にしていた筑前藩士平野国臣が、三田尻の奇兵隊本営へやってきたのは、晋作が去って三日ばかり後だった。河上弥市たちを集めると、平野国臣は天誅組の大和挙兵に合わせて決起しようと訴えた。

京の情勢を恢復しようと焦る公家や浪士たちの声を代表するかのように、七卿の一人沢宣嘉は、平野国臣にかつがれて但馬へ出奔した。河上弥市もまた、白石廉作など数人の奇兵隊士をひきつれて参加したのである。

正一郎もこの挙兵に加わるつもりで、出帆までの数日、猛訓練にはげみ、遺書をしたためて問屋口の浜へ駈けつけたのだが、船は出てしまったあとだった。

むろん、農民の決起をあてにした挙兵が成功するはずはなく、大和に挙兵した天誅組の乱と同様に、生野の乱も失敗に帰した。河上弥市、廉作たちはやがて、かき集めた農兵たちにすら竹槍を向けられ、但馬の野に自刃して果てたのである。

長州の、それも奇兵隊に属する河上弥市たちが倒幕の挙兵に加わったとあっては、京における恢復の望みはひとかけらも残されてはいなかった。にもかかわらず、桂小五郎は強引にいい張っているのである。

「まもなく、奇兵隊は三田尻から下関へ戻ります。高杉さまが去られましたあと、赤根さまを助けて山県狂介さまが頑張っておられます」正一郎は懐しげに晋作を見た。

「何分、若い奴らばかりです。会計方、白石どののお力添えがなければ……」

「なにを仰せられます。それより、高杉さま、あなたさまが申しておられたとおり、三田尻には来島又兵衛どのの遊撃隊が五百人、山口に堀真五郎さまの八幡隊が百人と、陸続と諸隊が出来て参りますのう」

「白石どの、まだまだ不足です。万一、長州だけの力で幕府を倒そうとすると、いつか周布どのがいわれたように、七十万藩民のうち、十七万五千の壮年男子すべてが銃をとってもまだ安全とはいえますまい」

「ほう。十七万五千でも足りませぬか」正一郎は驚きを口に出した。「いや、そういわれると、廉作どもが百にも足らぬ兵で生野に挙兵しましたのも恥ずかしいかぎりです。むろん、わたくしめも同じように考えておりましたが……」

「徳川には、衰えたりといえども、まだそれくらいの力があると思わねばなりますまい」

「今日は、ひとつ賢くなりました」正一郎はこっくりとうなずいて晋作を仰ぎ見た。「そうそう、高杉さまおめでとうございます。奥番頭役にご栄進のよし、それに新知百六十石をいただかれたとか、いや、わたしの目に狂いはございませんでしたぞ。きっと偉うなられる方じゃと思うておりましたわ」

たしかに、とんとん拍子の出世だった。

「白石どののお眼鏡にかなうとは光栄でござる」晋作は親しみをこめて笑った。

「ところで、おうのさんのことでございますが……」しばらくして、正一郎はいいにくそうにいった。

「おうのがどうかしましたか？」

「商人仲間の入江耕作の離れ座敷に移り住んでいただくよう手配いたしましたが、ただ……」と、正一郎は口ごもった。「こんなことをいってはなんでございますが、おうのさんはあまり身持ちのよいほうじゃございません。たまにはお顔を見せていただきませんと……」

「身持ちが悪いか」

「女ざかりに一人で放っておかれりゃ、おうのさんでなくとも酒でまぎらわすしかございますまい。入江耕作めもずいぶんとてこずっておるようです」

まったく正一郎に合わせる顔がなかった。秋穂へ転陣以来、下関へは一度も行っていないのである。

「白石どの、迷惑のかけ通しで申し訳ないが、おうのには好きなようにやらせてやってくだされ。身勝手ないい分だが、しばらくは山口を離れるわけにはいきませぬ。とにかく、当座の費用として渡してやってくださらぬか」

晋作は、懐に入っていた数両の金を正一郎に預けた。

正一郎を見送って周布の部屋へ入っていくと、桂小五郎が先程と同じ姿勢で坐っていた。

「高杉」坐ったばかりの晋作に、周布が声をかけた。「長州藩を思う気持ちは桂とて変わりはない。京へ行かせてやれ。朝廷を、公武合体から破約攘夷へ変えたように、でっかいことをやってくれるじゃろう」

「………」

おそらく周布政之助にも、小五郎のやろうとしていることが無駄だとわかっているのだ、と晋作は思った。

2

進発へ、進発へ――長州藩全体が熱に浮かされたように騒ぎ立っているなかで、寒い文久四年の正月が明けた。二月に元治《げんじ》元年と改元されるこの年の正月下旬、晋作は風邪をこじらせて伏せっていた。

周布政之助が顔を見せた日も、まだ頭が重く、咳が残っていた。

「どうじゃ、体の具合は？」と尋ねてから、枕元に坐って周布は切り出した。「どちらを向いても進発進発じゃ。益田弾正、清水清太郎の両家老はどうにか反対の立場に立ってはいるが、なにしろ多勢に無勢《ぶぜい》じゃ」

「なにか、用事ではないのですか？」

周布の顔つきから読み取って、晋作のほうから尋ねた。

「その風邪、今日中に癒ってもらわねば困るのじゃ」

「今日中に……？」

「来島又兵衛が、遊撃隊五百を率いて明日にでも進発しようとしておる。わしが行けばよいのじゃが、政事堂のほうがお留守になる。やつを説得できるのはおぬしをおいて外におらんのじゃ。殿もそれを望んでおられる」

「又兵衛どのは本気ですか？」

「本気だから困っておるのじゃ」

晋作は、熱があることも忘れたように蒲団に起き上がった。

「京へ乗り込めば、幕府だけではなく、朝廷をも相手にせねばならぬ破目になる。朝敵となってしまえば、わが長州藩は……。周布どの、わしが行きます」

玉子酒を飲んでその夜はぐっすり眠り、晋作はあくる夕方、駕籠で山口を発った。馬を飛ばせば早いのはわかっていたが、大事をとって駕籠で行くことにしたのだ。駕籠に入れた蒲団にもたれかかりながら、三田尻の陣屋へ着いたときには、もう夜半を過ぎていた。

晋作は空鍋を叩いて、来島又兵衛を叩き起こした。

「おォ、高杉か。なんじゃ、加勢にきたのか」

又兵衛は寝惚けまなこでいった。晋作とは二十以上も歳が離れているが、短気で子供のように生一本な彼にしてみれば、この程度の厚かましさは物の数ではなかった。

「両殿からの直書です。進発はなにとぞおとどまりくだされ」

晋作の目の前で、又兵衛は直書を広げた。

「両殿からのお言葉だが、このたびは止めるわけにはまいらぬ。ひとたびこうと決めれば梃子でも動かぬ——これが武士の節操というものじゃ。おぬしらのように武士魂のないやつにはわからぬか」

こうして手ひどい皮肉の棘《とげ》に刺されながら、晋作は三日間を又兵衛の説得に費やした。

「又兵衛どの。貴公が武士の中の武士だということは、このわしも重々存じています。が、いまは、武士がどうのこうのというている場合ではない。貴公がたとえ五百の兵を率いて上洛されたところで、とうてい勝ち目はございますまい」

「勝ち負けじゃと」又兵衛はペッと唾を吐いた。「おぬしは、逆賊とまでいわれて、この恥辱を雪ごうとも思わぬのか」

「ただ恥辱を雪ぐことが、五百の兵を皆殺しにしてもあまりあると仰せられるのか。すぐそこに重大な時期が訪れようとしているのですぞ。一兵といえども無駄に命を落とさせてはなりませぬ」

「馬鹿者！　いまこそ重大な関門じゃわ」

「では、貴公が京へ進発して、情勢がどう変わるというのです。どう変えられるというのです」

「……まず、〈奉勅始末書〉をもって上洛しておる根来上総《ねごろかずさ》、井原主計《かずえ》、桂、久坂たちの折衝が有利に進められる。そして、わが長州の地位を恢復するのじゃ。駄目ならば一戦を交える」

「結局そうなるのは、又兵衛どのにもわかっている」晋作は静かな口調に戻り、にやりと笑った。「とすると、貴公は、幕府と朝廷とを相手に戦うことになるのですぞ」

「わかっておるわ。だが、建武中興を成功させた楠正成を見ろ。彼は金剛山千早城に立て籠もって北条の大軍を支え、やがて、幕府方から寝返った足利、新田の軍勢を得て鎌倉幕府を倒したのじゃ。わしらが起てば、必ずや筑前、対馬などの諸藩が決起するはずじゃ」

「それこそ上面《うわつら》だけの進発でござる」と晋作はきめつけた。

「貴公のいわれておることは、あくまではずにすぎぬ。他藩が起たねばどうなさる。かような進発は、日本を外夷から守ろうとする立場とはまったく無縁のものでござろう。絶叫して、果ては突くの刺すのということになり、結局は防長二国を滅ぼすもとじゃ」

「……」

「一戦を交えて、潔《いさぎよ》く討ち死にしようというのでござろう。又兵衛どの、ようく考えてくだされ。わしらは攘夷をやりぬき、倒幕を果たすためにこそ、こうして諸隊を作ってきたのでござる。その時が来て、ほんとうに幕府を討つために進発するというのなら、わしもいわれるまでもなく先頭を切り申す。だが、まだその時機ではありませぬ」

「話はわかった」といって、又兵衛は酒を呷った。「話はわかったが、進発を中止するわけにはまいらぬ。両殿の許可がなくとも、亡命してでも進発するぞ。おい、高杉、奥番頭役になり新知百六十石を貰うて喜んで飛びまわるのはよいが、怖《おじ》けづいたような因循な議論をながながと喋ることだけは止めてもらいたいものじゃのう。わっはっは……」

来島又兵衛は舌の根が見えるほど大きな口をあけて哄笑した。その哄笑は、又兵衛が晋作との議論に敗れたことを証明するものだったが、いきりたった晋作にはそう考える余裕がなかった。

「百六十石――そんなもの、犬にでもくれてやるわ。貴公のようなわからずやははじめてじゃ。なんの役にも立たずに犬死することしか考えられぬ仁には、正しいことも歪んで見えるのであろう。朋友も敵に見えるのでござろう」

「出ていけェ！」目鯨を立てて又兵衛は怒鳴った。

「いわれずとも出ていってやるわ。そのかわり、わしの命にかえても進発は止めてやるぞォ!」

煮えたぎる想いで外へ出ると、夜はしらじらと明けはじめていた。彼は供の小姓に又兵衛を説得しきれなかったことを伝えて、山口へ走らせた。

晋作はあてもなく三田尻のまちを歩いた。夜明け前のひんやりとしたまちの空気は、まだ癒りきっていない咽喉を鋭く刺した。彼はぶらぶらと海のほうへ降りていった。誰もいない砂浜には、規則正しく、小さな波がくだけているばかりだった。

毛利元徳の声が、彼の見つめている波間からよみがえってくるような気がした。

「よいな、高杉。来島が耳をかさぬときは、必ず山口へ戻ってまいれ。しかと忘れるでないぞ!」

帰ってなんとかできるものなら山口へ帰りたかった。諸隊を強化するための仕事は山ほどあるのだ。しかし、いまは、なんといっても遊撃隊の進発を止めることだ、と彼は思った。湾には十艘あまりの船が停泊していた。大坂へ出る船が一艘ぐらいはあるだろう——懐に入れた数両の金を確かめて晋作は歩き出した。

3

火鉢に寄りかかって煙草に火を点けていた大坂屋敷の頭人宍戸九郎兵衛は、ぬっとあらわれた晋作に、あっけにとられてしまった。

「なにをしに来たのじゃ、高杉！」

「やむなく亡命してきました」晋作は悪びれたふうもなくいった。

「また亡命か。まったく乱暴なやつじゃ。小忠太どのもさぞご心痛でござろう」小忠太と親しい九郎兵衛は、叱りつけながら座蒲団をすすめた。「貴公、京、大坂の情勢のきびしさを知っておるのか」

「むろんです。でなければ、わしが亡命する必要もありませぬ」

「………」

「宍戸どの、実は、来島又兵衛が雪冤《せつえん》のために上京するといってきかぬのです」

「なに、上京すると申すのか」九郎兵衛は皺くちゃの顔をさらにしかめた。「井原主計どのでさえ藤ノ森までしか行けずに追い返されてござった。かようなことをしては、なにもかもがおしまいじゃぞ。しばらく様子を見たうえ、わしも帰国する」

「しかし、宍戸どの。大坂頭人のお役目は？」そばから北条瀬兵衛がいった。剃髪して帰国する途次に十両の金を渡してくれた男である。

「貴公に任せる。この危急のときに、お役目忘却もなにもいってはおれぬわ。いつでも出立できる用意をいたせ」

「は、はッ」と北条瀬兵衛は引き下がった。

久坂玄瑞と入江杉蔵が帰ってきたのは、夜が更けたころであった。

「どうして、こんな危ないところへ出て来たのじゃ」玄瑞は顔を合わせるなり晋作をなじった。

「又兵衛の馬鹿を上洛させぬためには、こうするしかなかったのじゃ」

「では、すぐに帰るのだな」念を押すように杉蔵がいった。

「二、三日前に大坂へ下ってきたのだが、京は大変じゃぞ。会津見廻組が辻々に立っておるわ、新選組につけ狙われるわで、おちおち歩いてもいられぬありさまじゃ」

「高杉、おぬしは国元に仕事があるはず。頼むからすぐに帰ってくれぬか」

「そう帰れ、帰れといわれると余計に帰りたくなくなったわ。わしが帰るより、宍戸どのが帰ってくれたほうがずっと心強いでのう」

「困ったやつじゃ」玄瑞は苦り切った顔を向けた。

「噂によると、なにやら参予会議というものができたそうではないか。どうせ薩摩の策謀じゃろうが……」

「大変だというのは、実はそのことじゃ、高杉」杉蔵は寒そうに震えながら火鉢に手をかざした。指の縁《ふち》だけがあざやかな朱色に透いて見えた。「一橋慶喜、松平容保、松平春嶽、山内容堂、それに宇和島の伊達宗城《だてむねなり》、島津久光の参予会議というのが、どうやら長州征伐のことを決めたらしいのじゃ」

「いよいよ四面楚歌というところじゃのう。外国艦隊と長州征伐か——いま同時に攻めてこられたら……」

ひとたまりもない、と晋作は思った。なんとかして参予会議をぶっつぶさねばならぬぞ……

晋作が土佐の浪士中岡慎太郎に逢ったのは数日後である。彼は、山内容堂が勤王党の弾圧をはじめる直前に長州へ逃れてきていた。体は小さいが、すばしこい野犬のような感じのする色の黒い男だった。

行儀のよい中岡は、人の心を射抜くような鋭い眼光を向けて、膝も崩さずに坐っていた。

「高杉さん、いよいよ死地へ赴いてきなさったのか」と中岡は微笑した。両手をきちんと膝の上に揃えたままだった。

こいつ、わしの腹の中を読んでおるな——と晋作は思った。

4

宍戸九郎兵衛が帰藩するのを見届けた晋作は、藩主の帰国命令を無視して京へ上った。

彼は、参予会議の中心人物、島津久光を斬るつもりだった。中岡がなじみにしている木屋町の〈丹虎〉へ身を寄せた晋作は、じっとその機会を待った。むろん、狂挙であることはわかっていたが、いま長州征伐に乗り出されては困るのである。外国艦隊が来襲するのは止むを得ないとしても、幕府軍が同時に攻めてくるとなると長州は元も子も無くなってしまうにちがいない。

「おい、高杉。しばらく様子を見るぞ」あわてて駈け込んできた中岡が告げた。「なにやら生温い風が吹きはじめた。参予会議は暗礁に乗り上げておるようじゃ」

「それが真なら結構なことじゃ。まだ、命を捨てたくはないからのう」銚子を中岡のほうに押しやりながら晋作はいった。

中岡がごくりと一口だけ飲んであわただしく出ていったあと、雅に手紙を書いていた晋作は、はたと考え込んだ。中岡の伝えたことは本当なのだろうか。参予会議が暗礁に乗り上げているというのは……。待てよ、長州征伐まで決めた会議が、そう簡単につぶれるわけがないではないか……

晋作はまだ信じ切れない想いだったが、中岡のいったことは根も葉もないことではなかったのである。

参予会議は最初から荒模様だったが、小御所の空気は、日を追って冷やかになっていた。

「叡慮にしたがって、横浜鎖港をいたしたいと存ずるが」慶喜はおもむろにいった。

「ほう。これまでことあるごとに開国を主張されてきた一橋どのが、にわかに攘夷に急変されるとは解せぬことでござる。開国進取の策こそ必要なことでござろう」

島津久光は執拗に食い下がった。薩英戦争を経験したばかりの薩摩藩は時の流れを逆に回すような鎖国が不可能なことを知っていたし、他の大名たちも、横浜からの生糸の積み出しに極端な制限を加えて交易の独占を図ろうとしている幕府に反対の立場だった。

だが、慶喜は、あたかも攘夷派の口車に乗せられたのではないかとみえるほど、弁舌さわやかに攘夷論を喋りまくった。

「攘夷をなさる真意もなく、攘夷攘夷とは恐れ入ってござる」

越前藩主松平春嶽が吐き捨てるようにいって席を立った。彼は、慶喜に反省を迫るつもりだったが、慶喜には反省の色などひとかけらもなかった。

こうして、雄藩の連中が席を立ち、去っていくことこそ、慶喜の望むところだったのである。大軍を背景に、この際一挙に雄藩連合による政治を確立しようとしていた島津久光とは対照的に、慶喜は、天皇を味方につけることによって、かつてのような幕府専制支配の夢を追おうとしていたのだ。

亀裂はもはや埋めることのできぬ大きさになっていた。そして、三月の半ばまでには、参予会議の大名たちはつぎつぎと辞表を出し、郷里をめざして帰っていった……

「よしよし、これでよいのじゃ」

参予会議の解散を洩れ聞いた晋作は、ひとりほくそ笑んだ。参予会議の雲行きからみると長州征伐もそう簡単には行なえまい。とすると、いよいよ外国艦隊を迎え撃つ準備を急がねばならぬぞ——晋作はようやく京を発つ気持ちになった。

一足先に〈丹虎〉を出た中岡慎太郎が、伏見蓬莱橋の船つき場で待っていた。会津見廻組の監視の目は相変わらずきびしく、中岡は越中の薬売りのような格好をしていた。

船が着いたばかりで、川岸は数十人の乗降客で賑わっていた。

「ついに、西郷が出てきたようじゃ」不意に中岡がいった。晋作は興味なさそうに、若い侍たちに囲まれて船から上がっていくでっぷりと肥えた男を眺めた。三十半ばの男だった。

船に乗り込んだふたりは、出迎えの侍にとり囲まれて旅籠寺田屋へ入っていく西郷隆盛のうしろ姿を眺めていた。

「出迎えは、島津久光の懐刀大久保利通のようじゃのう」と、中岡がつぶやいた。

やがて、三十人近い客を乗せた船は、柳の青みはじめた岸をゆっくりと離れていった。

5

〈――一筆申しすすめ候、……御父母さまを大切に致し候か、われらを大切に致し候も同様に候間、左様心懸け専要に存じ仕り候。われら事も色々御気遣いもこれあるべく候えども、武士という者はこれくらいの事は常に御座候間、腹を強う思い留守をしっかり致され候よう、万々頼み仕り候。………近日のうち大坂へ帰り候ゆえ、左候わば、曽我物語、いろは文庫など送り候間、夫れをお読みなられ、心をみがく事専一に御座候。武士の妻は町人や百姓の妻

とは違うという処忘れぬ事専要に御座候……〉

雅が晋作からの飛脚便を受けとったのは三月のはじめだった。雅は、晋作が送るといってよこした本の到着を心待ちにしていた。

そうして二十日ほどが過ぎた日の昼餉時、城から帰ってきた小忠太に、雅は呼ばれた。小忠太の前には道も坐っていた。

「ええか、気持ちを落ち着けて聞くんじゃぞ」いつになく険しい面持ちで小忠太はいった。

「晋作が唐丸駕籠に乗せられて山口の城下を発ったそうじゃ」

「唐丸駕籠に……!」自分でもびっくりするほど大きな声で雅はいったが、小忠太を見つめていた視線は、着物がずり落ちるように畳の上を這った。

「そうじゃ罪人になった……」

小忠太はひとことふたこと嘆いたが、やがて思い直したように首を振り、

「いや、あれでええ。晋作のような乱暴な奴は、野山屋敷にでも入って、ちっとは頭を冷やしたほうがええのじゃ」道と雅を前にして諭すようにいった。「なにも晋作だけが悪いのではない。そんな資格もない晋作に、二十四やそこらの若僧に奥番頭役などという大役を仰せつけられた毛利の殿様もどこか間違うていなさる。いいや、長州藩はもう何もかもが狂うてきとるのじゃ」

二十四というのは、むろん数え年である。しきたりがつぎつぎに破られていくのを見ていると、小忠太には、毛利家が滅んでしまいそうな怖ればかりがふくらんでくるのだ。彼にはもう、時代の流れというものがとらえきれなかったのである。

「だが、雅、心配するには及ばぬぞ。好き勝手なことをしとる晋作じゃ、野山屋敷へでもしばらく放り込んでおかぬことには世間が承知をせぬ――殿様もそう思われたのじゃろう」小忠太は雅を慰めるようにいった。そして、がっくりと肩を落とした。

雅は自分たちの部屋へ小走りに帰ると、文机にもたれて泣き伏してしまった。抑えていた涙が堰を切ったように流れ出た。

涙が出てしまっていくらか気持ちの鎮まった雅は、部屋の隅に飾ってある紅色の花瓶を両手で抱くように撫でた。晋作が上海からの土産に買ってきたものである。冷たい感触しかなかったが、そこには晋作のぬくもりが生きているように雅には思えた。

結婚したというもののほとんどの日々が一人暮らしの雅は、いつの間にか、花瓶や手紙を相手にすることに慣れてしまっていた。

「あなたの赤ちゃんができたのに、何もいわずに野山屋敷へ行くなんて……」不満そうに、雅は誰にともなく語りかけた。

そういうなり雅は咳き込んだ。悪阻《つわり》だった。花瓶の前に坐り込んだまま、雅は息苦しさに耐えた。冷や汗が体中を濡らして流れた。

心待ちにしている雅にも逢わずに萩の野山獄に放り込まれた晋作は、不意に耳が聞こえなくなり、目が見えなくなり、声が出なくなったようないいようのない不安を覚えた。考えても聞いてくれる者がいない、聞きたくても話してくれる者がいなかった。出口を失った流れが暗い渦となって淀み、ふくらんでいく腹立ちを倍加した。

なるほど亡命したことにちがいはないが、三田尻からの報告は小姓を山口へ走らせたし、来島又兵衛は結果として進発を中止したではないか——と彼は歯ぎしりしながら思った。もしかしたら、進発を主張する連中の力が強くなっているのかもしれぬ。そうなれば結果は目に見えている。無惨にも敗れ去る長州はさらに幕府から追われ、藩庁はまた保守派の手に帰すだろう。そうなれば、このわしはどうなるのだ……

深い深い水底から浮かび上がってくる泡のように徐々に大きさを増して、〈死〉という言葉が晋作に迫ってきた。御殿山公使館の焼打ちなど大概乱暴なことをやってきた晋作だが、いまから思うと遊びの域をちょっと出たところで騒いでいたような気がする。身の自由さがあったからだが、こうして牢格子の中へ身を置いてみると、にわかに〈死〉という言葉が重い実体を持って迫ってくるように感じられた。

野山獄には、六つの独房をもつ獄舎が二棟あり、晋作は北側の獄舎に入れられていた。板敷きの薄暗い獄舎は鼻をつまみたくなるほどひどい臭気だったが、三日もするといくらか慣れた。

臭気に慣れたと思うと、つぎは蚤《のみ》や虱《しらみ》の追撃だった。それでも、寒くもなく暑くもなく、獄ではまだ一番しのぎよい季節である。しかし、目の前に夏が来ていることを思うと、晋作はゾーッとした。

四月の中旬——小さな窓からかすかに見える空は抜けるような青さだった。

下獄して半月あまり、退屈でおそろしく長い時間が過ぎた。松陰門下生をはじめ明倫館の同窓、奇兵隊……、この萩にも知人は大勢いるはずなのに、誰ひとりとして訪ねてくれはしない。世の中とはかくも薄情なものか——と彼は思った。知行は没収され、藩主から貰った東一という名も剝奪され、御紋の裃も取り上げられ、雅は親類預け……、すべては自分から去ってしまったのか……

それから数日後のことである。

「高杉どの、お元気でござるか」

書物から顔を上げると、牢格子のところに松陰の兄杉民治が微笑みながら立っていた。

晋作は急に元気が出た。

「江戸では、弟めが大層なお世話に預かりながら、萩へ帰るいとまがなく、つい遅くなってしまって誠に申し訳ござらぬ。ところで」と民治は目を輝かせた。「高杉どの、よい知らせですぞ」

「………」

「ここへの途次、雅どのにお目にかかってきたが、ご懐妊じゃそうな」

「雅が……？」

まるで他人ごとを耳にしているようであった。十七歳の雅が母親になるという。あどけない少女そのものの雅が……

「杉どの、かたじけのうござる」

民治は、元気を出せというふうに、晋作の差し出した手を力をこめて握り締めた。

6

目新しいこともない退屈な毎日が遅々として過ぎた。読書にも疲れて壁にもたれていると、体のどこかに穴があいたような空しさが突如として襲ってくることがあった。

月が五月に変わったばかりのその日も、晋作はうつろなまなざしで湿っぽい天井を眺めていた。雨漏りのしみが奇妙な形を天井のあちらこちらに作っている。

「晋作……」不意に彼は、自分の名前を呼ばれたように思った。

「晋作、晋作はどこにおるのじゃ。顔を出せェ！」太い声がした。

あの声は——そうだ、周布だ。まぼろしではない。周布政之助の声にちがいなかった。彼はあわてて立ちあがると、北側の広場に向き合った牢格子から顔をのぞかせた。

「周布さま、刀はお控えくだされ」獄吏が馬の轡を握って止めようとしているのがかすかに見えた。「獄にては御法度にござります」

周布政之助はぐっと手綱をしぼった。その拍子に馬が棒立ちになり、獄吏は不意をつかれて一間ばかり投げ飛ばされた。周布は赤い顔をしていた。どこかで酒をひっかけてきたのか、酒焼けした顔が余計に赤くなっていた。不安定に馬の背にまたがりながら、周布は抜刀したままの姿勢で牢格子の前に立ちはだかった。

「馬鹿め、そんな狭いところに繋がれておるのか。首を斬ってやるから窓から出せェ！」

周布の目はすわっていた。また、いつもの悪い癖がはじまったなと思いながら、晋作は飯の差入れ口から顔を出した。

神妙な晋作の顔を見て、周布は一瞬ためらったようだった。馬が同じ地点で足踏みした。

「……その首は他日用があるから、今日のところは斬らずに預けておいてやる。よいか、貴様は長上を凌ぐからこういうことになるのじゃ。牢屋に三年もおって学問をつけ、少しは人物になって出直して来い！」

周布はひときわ高く怒鳴り声を上げると、馬をめぐらせて立ち去っていった。

「周布どの……」と晋作は叫んだ。藩庁の様子を尋ねようと思ったのだが、周布はふり返りもせずに行ってしまった。

周布政之助はその朝山口を発ったのだが、別に晋作を訪ねるためではなかった。用事が済めば、その足で山口へとって返すつもりだった。が、馬に乗った周布は、いつの間にか野山獄の門前へ来ていた。これから酷暑の続く獄中生活に、体の弱い晋作が耐えられるかどうか心配だったのだ。

晋作が亡命し、さらに獄に繋がれることが決まったとき、周布はやりきれない気持ちになった。

——進発進発と藩を挙げて沸き返っているなかで、それを抑えられるのはわしと高杉、おまえしかないことを、貴様は百も承知していたはずなのに、なんというざまだ。吉田松陰ならいざ知らず、貴様には政治の世界というものがわかっているはずなのに、それを知っていてわしをひとりぽっちにしてしまうとは全く薄情なやつじゃ。なにかあれば罪をかぶせようと狙っている輩がうじゃうじゃしておることくらい、わからぬ貴様ではあるまいに……、馬鹿者めが!……

見舞ってやろうと思いながら、晋作の顔を見た途端、日頃の鬱憤が頭をもたげてきて、周布はつい怒鳴ってしまったのだ。

周布のうしろ姿が視界から消えていくのを見送ったあと、晋作は涙の流れるにまかせて夕暮れてゆく獄舎のなかに坐っていた。

7

晋作が座敷牢に入ったのは六月の下旬、じっとしていても汗のふき出してくる季節だった。

「晋作。獄におる間に、世の中はすっかり変わってしもうたわ……」

獄吏が帰ると小忠太が話しかけた。顔は見えないが、うれしさと悲しさが入り混じったような声だった。

「いよいよ最悪の事態じゃ。数日前、来島又兵衛が浪士隊を率いて、家老の福原越後どのが兵三百を指揮して上洛されたそうじゃ」小忠太は低い声で告げた。「まもなく家老国司信濃どの、家老益田弾正どの、それに若殿も上京の由承っておる。京で、吉田稔麿らが新選組に襲われたことが、進発に輪をかけているのじゃ。長州はいまや、進発の洪水じゃぞ」

「で、稔麿は死んだのですか？」

「死んだ」

ひとこと答えると、小忠太の足音は遠ざかっていった。政治向きの会話はいうに及ばず、言葉を交すことすら禁じられていることを百も承知の小忠太が、謹慎中の晋作に事件の片鱗をでも知らせようとしたのは、事があまりにも大きすぎて黙っていることができなかったせいだった。

六月五日——祇園祭の宵宮の夜、近藤勇の率いる新選組の一隊が、三条木屋町の旅籠池田屋で会合していた志士たちを襲い、吉田稔麿以下二十数人を斬った。池田屋の変である。桂小五郎は危うく難を逃れたが、この変で、数人の長州藩士が殺された。

「稔麿が死んだ……」と晋作はつぶやいた。

白石の屋敷で、維新団という組織をめぐって話し合ったのはちょうど一年前のことだ。稔麿はそのとき、

「——幕府を倒すまでは死ねぬぞ」

濡れたような目に光をためていったのだった。

「きっと幕府を倒してやる。稔麿、見ておれよ。必ず、おぬしの仇をとってやるぞ……」

押し殺した声で叫ぶと、晋作はじっと歯をくいしばった。

8

晋作は、眉毛の薄くなった雅の、ふくらみを増している腹に手を這わせた。

「そんなに撫でまわしても駄目。手をじっと当てていないと……、ほら、いま動いている」

「わからぬのう」

「くすぐったい。ほら、動いている。もう少しこちら」

雅は晋作の手をとって下腹部のほうへもっていった。

「うん。たしかに……」かすかな動きが掌に伝わってきた。「たしかに動いておるのう」

不思議な感動が晋作をとらえた。

ひとつの小さな生命が、雅の腹のなかで世の中へ出る日へ向けて、けなげに息づいていた。野山獄に入れられて、狭い檻のなかをうろつきまわっていた百日、無駄なように見えた不自由な生活で得たものは、案外大きかったのかもしれないと晋作は思った。女は、子供を産むために十月十日の辛抱をする。その果てに、自分の命を棄てることさえあるのだ。小さな穴をあけるためにも錐《きり》は身を揉む――自分も自由のない生活に耐えるだけではなく、不自由な生活のなかでしか得られぬものを身につけねばならぬぞ……

彼はすぐに、五、六貫目もある石を座敷牢へ運び込ませた。時の流れるにまかせるのではなく、自分からすすんで汗を流そうと思ったのだ。

それから二、三日が経った。体力が衰えていて、最初は重くて数回しか持ち上げられなかった石が、十回以上持ち上げられるようになった。

晋作が汗を拭いていると、

「志道さまがお見えですが」雅が告げに来た。

「聞多が……。やつは英国へ行っとるはずじゃ」

「それが、急にお帰りになったそうです」

バリッとはずされた板のあいだから、志道聞多がなつかしい顔を見せた。

「あばれ牛も二間《ま》に閉じこめられるとは、おとなしくなったもんじゃのう」

「父上の許しを得てきたのか？」

「小忠太さまもお堅いお方じゃ。謹慎中の身だというて頑として許されぬ。無理矢理通ってきたが、おぬしがその倅だとは、とても信じられぬわ」と、聞多は溜息まじりにいった。

「わしは捨て子じゃったそうな」晋作は、聞多の手を握りしめて笑った。「それにしても、どうして帰ってきたのじゃ？」

「長州藩が滅ぶかもしれぬと聞いては放っておくわけにもいくまい」

志道聞多は、なぜか腹立たしそうに帰国のいきさつを語った。


この年の冬――

下宿の一室で〈ロンドン・タイムス〉を広げていた志道聞多の目に、連合艦隊が下関を襲おうとしているという論説記事が飛びこんできた。留学生五人が相談のうえ、志道と伊藤俊輔が帰国することになり、六月のはじめに横浜へ着いた。

十七艘からなるイギリス主力の連合艦隊が、すぐにでも錨を上げて下関へ向かおうとしているときだった。

二人は、留学のときに周旋の労をとってくれたガワーやグラバーという商人のはからいで通訳官のアーネスト・サトウに逢い、さらにその紹介で英国公使ラザフォード・オールコックに面会した。

オールコックは終始気の乗らぬ顔をしていたが、かわるがわる熱心に頼む二人を見て、外国公使と相談のうえ意向にそえるようにしようと約束した。

薩英戦争後はっきりと開国に転じた薩摩藩のように、オールコックは、下関に艦隊を進め、砲台をことごとく破壊することによって、長州藩を開国派に〈改宗〉させようと考えていたのである。攘夷派のうち最も強暴な大名を攻撃するというのは、彼の提唱だった。長州が一方的に発砲したのは米、仏、蘭三国に対してだったし、英国には直接関係がなかったから、彼の動きはどこまでも政治的な判断にもとづいていた。

オールコックは、あくまでも下関を攻撃するつもりだったが、

「では、この覚書を渡したまえ。十二日間の時間を与えよう」

と聞多に一通の封書を手渡した。

早速、通訳官アーネスト・サトウと英艦バローサ号に乗り込んだ二人は、五日後の夕刻豊後の姫島に着き、翌朝、小船でひそかに富海へ入った。そして、急いで山口へ向かった聞多たちは、藩の重臣毛利登人《のぼる》を訪ねて攘夷の無謀なことを説き、藩主にとりなしてくれるように依頼したのである。

あくる日、君前会議の席に呼び出された聞多は、口を酸っぱくして攘夷の不可能なことを

説いたが、会議はなにも決めずに終わってしまった。つまり、これまで通りの方針でいくということなのだ。

思案に暮れた二人は旅籠〈万代屋〉の窓際にもたれかかって、軍装の武士でごった返している通りを見下ろしていた。来島又兵衛、福原越後、国司信濃勢につづいて京へ進発する益田弾正隊の侍たちだった。

晋作の下獄に続いて、周布政之助も逼塞を命じられていたから、進発に反対する者は誰もいなかった。

二人が愚痴をこぼし合っているところへ、突然毛利登人が姿を見せた。

「殿のご意向を伝える。昨夏の外艦砲撃は叡慮を遵奉してやむなく行なったものでござれば、当藩士志道聞多並びに伊藤俊輔がまかり帰り種々申し出たる件、長州藩は幾重にも承知いたした」

「えっ？」とふたりは神妙に顔を見合わせた。「すると、和議を結ぶのじゃな」

「叡慮を伺ったうえでの話じゃ」と毛利登人はいった。しかし、勅勘を受けている長州藩に叡慮など伺えるはずはなかった。「そのうえで和戦いかようにも決するが、約三カ月要するからそれまで猶予ねがいたい、と殿は仰せ出されたのじゃ」

登人は聞多の前に十五両、俊輔の前に十両の金を積んだ。

俊輔は、目の前がにわかに明るくなったように思った。重臣の毛利登人が金を積んだうえ頭を下げているのだ。

五反百姓だった父の十蔵が、公租米を横流しして郷里を追われたのは、俊輔のまだ幼いころである。日雇い百姓、米つき、家僕などの仕事を転々とした十蔵は、持ち前の抜け目なさにものをいわせて中間伊藤家の養子になり、家族ぐるみ引き取られた。

十蔵譲りの負けず嫌いで、食らいついたら放さぬ執拗さと抜け目のなさをもっている俊輔は、ここぞとばかりに聞多にいった。

「なんとか、やろうではないか……」

三日後、護衛の兵をつけさせて、ふたりは三田尻へ出発した。

三田尻から姫島へ向かう小船の中で、志道聞多は終始不貞腐れた表情をしていた。

「嘘とわかっておることを、どういい繕うのじゃ」

「しかし、金を積まれたとなると仕方があるまい」

俊輔は現金なものだが、金に慣れている聞多には、世話になったサトウを裏切っているという気持ちが強く働いていた。

結局、その夜半から朝にかけての話し合いは失敗に終わってしまい、サトウたちを乗せて瀬戸内海を東へ向かうバローサ号は、朝霧のなかを黒煙を吐いて遠ざかっていった。

ふたりは波のまにまに浮かぶ小船に坐って、消えていく船影をじっと見送っていた。徒労にすぎなかった苦さを噛みしめながら……

志道聞多の話を聞き終わると、晋作は声を上げて笑った。

「ちっちゃい船で立往生しとる二人の姿が見えるようじゃわ。はっはっは……」

「高杉。笑いごとではないぞ」

「檻の中にいては笑っているより仕方あるまい」

「そうか。いや、わしもここへ入れてくれぬか」聞多は深刻な口調でいった。「わしたちを外国の手先のように思うてつけ狙うておる奴らがおるのじゃ。断髪を斬れというわけだが、まだ命を落としとうはないからのう」

「聞多。わしが死ぬまでは生きておれよ。なにかと金の工面をたのまにゃならぬ」

「それはいいが、高杉、早う出てきてくれ」

「そんなに弱り果てたような顔をするな」晋作は聞多の肩を叩いた。「おぬしが座敷牢、わしが英国へ行く——それもええかもしれぬのう。おぬしの話を聞いていると、なにやらロンドンとかいうまちが見とうなったわ」

晋作は、聞多を相手に、そんな暢気な話をした。連合艦隊の来襲のことも、京のことも、まったく眼中にないような態度だった。

「高杉」と辞去するときに聞多はいった。「おぬしの出番はまもなくやってくるぞ。わしたちはおぬしが頼りなんじゃから、くれぐれも自重してくれ」

「うむ。しかし、あまり派手に立ち回るでないぞ。命を落とさぬとも限らぬ。それから、聞多。必ず英国へ行くから、いまから金の準備をしておけ」

「いつのことじゃ。まァ、長州が滅ばずにあったら、わしも一緒に参ろう」

やっと笑顔に戻った聞多は、晋作の手を力まかせに握り締めて闇の立ちこめた萩のまちへ出ていった。

9

笠置の上空に湧き立っている入道雲の先端が男山のうえにまでひろがり、頂上の石清水《いわしみず》八幡宮一帯はおびただしい蟬時雨のなかにあった。木立を透かして見やると、淀城をめがけて、手前から木津川、宇治川、桂川の三河が合流し、豊かな水量を誇る淀川となって眼下を流れ下っていた。

長州兵が陣を布いている山崎天王山は淀川を挾んで真向かいにあったし、伏見は淀城の向こう、嵯峨は中ほどのはるか北方にあった。

男山からは、京の南部の地形が手にとるようにあざやかに見える。みどりの田、茶色っぽい沼地の葦原、白い往還、黒ずんだ村落や市街地、灼けつくような太陽の光をはね返している広大な巨椋池《おぐら》――すべてを視界に納めながら作戦を立てるには、うってつけの場所であった。

元治元年七月十七日の午過ぎ――

宍戸九郎兵衛が到着したという知らせを合図に、久坂玄瑞たちは八幡宮の一室に入った。来島又兵衛を中心に、顧問格の真木和泉や入江杉蔵、寺島忠三郎ら隊長格の者十数人が、鎧、兜に身を固めた仰仰しい軍装姿で集まっていた。

「まず、宍戸どのから簡単に報告を聞いたうえで、作戦を立てる」

来島又兵衛にうながされて宍戸九郎兵衛は口をもごもごさせ、情勢の経過を記録した紙を懐から取り出した。

「……幕府からはすでに、伏見の福原越後どのへ、たびたびの退去命令が出されておる。〈哀訴状〉は淀藩主を通じて幕府から朝廷に出されたが、幕府では、願いの趣があれば兵を帰国させ、小人数で穏やかに行なえというばかりにて、本日まで延引いたした。どちらにしろ、長州藩の立場を昨年八月十八日の政変以前の状態に戻されたいというわが藩の申し出が、認められる情勢ではないことはまず確かじゃ。わが兵は三千、幕府の方ははるかに大軍を持っておる……」

「一橋は断を下しかねておるそうじゃが、会津とわが藩との私闘だというて洞ケ峠を決め込んでいた薩摩が、加担することを決めたそうじゃ」雛だらけの顔をした来島又兵衛は濃い眉をぴくりと動かして、一同を見渡した。「朝廷も、わが藩贔屓の公家の意見をしりぞけて、われらを討伐する方針を決めたと承っておる。進撃の準備はいかがでござる」

きびしい表情のまままみんなは黙り込んでいた。

「もはや躊躇しているときではあるまい。こちらから打って出れば、必ず援軍を誘い出せるというものじゃ」

「しかし、来島どの」と、山崎勢の久坂玄瑞が心配気に口を開いた。「若殿の軍勢が到着するのはもうすぐ、それまで待つのがよいと思いますが……。第一、援軍が誘い出せるなどということを予測しての戦では……」

「久坂も怖《お》じけづきおったか」来島はパシッと膝を打った。「桂からの報告では、因幡藩が弊藩を援けることになっておるのじゃ。待っていては、会津や一橋、薩摩に時を稼がせるばかりであろうが」

それはたしかにそうだったが、時を稼がせる点では、すでに幕府側に二十日以上もの時間を与えてしまっていた。この間に幕府が着々と手を打ってきたことを久坂玄瑞は知り抜いていた。彼がここまで兵を進めて来たのは、あくまで長州藩の罪を晴らすことが目的だったが、来島又兵衛はちがっていた。彼はこの際、叡慮を曲げている会津などを一挙に潰してしまおうと考えていたのだ。むろん、軍勢を進める、進めないの意見の相違はあったが、会津、薩摩などの君側の奸が叡慮を曲げているものと、誰もが信じて疑っていなかった。だから、〈哀訴状〉にも、この会議のあとで起草された朝廷、幕府、諸藩などへの上書や会津藩への〈送戦書〉にもそう書かれた。長州藩はそのように考えていたが、京都を守護している会津藩から見れば、長州藩こそ無理を押し通して道理を枉《ま》げてしまう無茶苦茶な藩であった。

玄瑞が反論している最中、京都留守居役からの知らせをもって、伏見から使者がやってきた。

知らせを一読した来島又兵衛は、顔を曇らせ、隣りに坐っている真木和泉に手渡しながら苛立っていった。

「各藩邸では出陣の準備をはじめたそうじゃ。事を起こすには一刻を争うぞ」

部屋のなかには、にわかに張りつめた空気がみなぎった。

「真木先生……、なにとぞ、若殿の到着までお待ちを！」

思わず、玄瑞は身を乗り出した。はりつめた空気のなかで玄瑞の声はなぜか空しく響いた。

「来島どののいわれるとおり、進軍あるのみじゃ。じっとしておれば潰されるぞ……」

久留米水天宮の神官だった真木和泉が手短に賛意を表すると、それでもう決まったようなものだった。

進軍は明十八日未明、京都留守居役から〈送戦書〉が届けられる時刻と決まった。

一方、このころ幕府では、すでに各藩に守備部署を命じ、先陣、中陣、後軍、遊軍、御所九門守衛部隊と、三重四重の布陣をしていた。まさに万全の体制であった。

長州藩伏見屋敷を出た福原越後隊七百人は、真夜中のしんと寝静まった街道を、武具の音を響かせながら賑やかに進んでいった。

選鋒隊中心の部隊がようやく藤ノ森のあたりにさしかかったころだった。突然、民家の二階から銃声が響いた。暗闇のなかにいっせいに銃口が閃くだけで、敵の姿はまったく見えない。

「進めェ、進めェ！」

隊の中程にいる福原越後の声を聞いて、前半の部隊は引き金をひきながら猛烈に突き進んだが、みるみる数人が倒れた。無数の敵兵が路傍や民家のかげに伏せっていた。顔に傷を負った福原越後は、退却を命じながら、山の手のあたりから火の手があがったのを見た。方角は、あきらかに長州の伏見屋敷だった。

退却した選鋒隊士たちは隊伍を立て直し、京へ通じる別の道、竹田街道を北進した。だが、ここには新選組の獰猛《どうもう》な連中が手ぐすねひいて待ち構えていた。一方的に敗北を喫した福原隊は、なすすべもなく大坂へ大坂へと逃げ延びるしかなかった……

二十歳を過ぎたばかりの家老国司信濃の天竜寺勢八百は、彼が率いて中立売門に向かう浪士隊と、来島又兵衛が率いて蛤門へ向かう遊撃隊とに別れ、伏見勢よりも一刻遅れて出発した。

天竜寺勢の二隊は、探索に出ているはずの敵兵と出逢うこともなく、無傷で御所の西面へ辿りついた。北から乾門、中立売門、蛤門、下立売門のそれぞれの部署を、薩摩、筑前、会津、仙台の各藩が守っていた。

夜闇をついて、来島勢は会津藩の蛤門へ、国司勢は筑前藩の中立売門へ猛然と襲いかかった。

「撃てェ！」来島が命ずると、横列の隊から扇のかなめに撃ちこむように弾丸が唸り飛び、筑前藩はまもなく門を捨てた。

鉄砲を撃ちまくりながら中立売門から御所に乱入した長州兵は、鬨の声をあげて会津藩の横手から攻撃を開始した。

そのとき、蛤門をめがけて長州軍の大砲四門が炸裂した。会津軍は思いもかけぬ方角からの攻撃に右往左往しているばかりである。

「いまじゃ、突っこめェ！」

来島又兵衛は、太刀をふりかざしながら馬に鞭を当てた。銃隊が、大砲隊が又兵衛のあとに続いた。

門のあたりには傷ついた多くの兵が横たわり、〈討会奸薩〉、〈尊王攘夷〉と書かれた大旆《たいはい》が砲火の閃光のなかにひらひらと揺れていた。長州軍はいまにも禁裡へ迫るかに見えた。が、一瞬後、乾門の守備についた薩摩軍から、突如として大砲が撃ちこまれ、薩摩軍の応援を得て態勢を立て直した会津藩が反撃してきた。

戦場が花火を打ち上げたようにぱあっと明るくなったとき、旗を振っていた来島の体が、馬の背からストンと転がり落ちた。ひとりが、胸から血を噴き出している来島の死体を担ぎ上げると、それを合図にしたように長州兵は蛤門の外へ逃れ出た。公家屋敷に入り込んだ部隊が必死の防戦をしていたが、空は仄かに明るくなり、幕府軍は隊伍を立て直しつつあった……

諸隊を中心にした山崎勢が、真木和泉、久坂玄瑞たちを先頭に御所の南門にあたる堺町門へ着いたのは、ちょうどそのころだった。

後方から援護する大砲に守られ、築垣《ついがき》を乗り越えた玄瑞たちは、前関白の鷹司邸へ転がり込んだ。連子格子から越前兵の側面を衝く作戦であった。あたりいったいに白煙が立ち込め、敵兵がいったん退却したあとは一進一退がつづいた。しかし、そこまでだった。戦闘の終わった蛤門から、会津、薩摩の兵が駈けつけてきたからである。

玄瑞は片足を撃たれていた。

「入江、貴公はここを脱出しろ。若殿の入京を阻止するのじゃ」と彼はいった。

話している間も、弾丸が耳許を掠め去っていく。

「おぬしは、どうするのじゃ」節穴からじっと狙いをつけながら、入江杉蔵はふりむかずにいった。

「わしはもう動けぬ。残念じゃが、おぬしを逃がすのが最後の仕事じゃ」

「………」杉蔵は無言で玄瑞の手を握り、寺島忠三郎を呼んだ。「すまぬが、久坂の髪を梳いてやってくれ。武士の最期らしくのう」

寺島は懐から櫛を出すとゆっくりと玄瑞の髪をなでつけた。

「高杉のやつ、いまごろ笑っておるじゃろう」玄瑞はぽつりといった。「いつだったか、江戸屋敷の周布どのの前でえらい論争をしたことがあったが、どうやらやつの勝ちらしいのう。朝廷朝廷では新しい日本は生まれぬか、ははは……」

「久坂どの！」二十一歳の寺島は悲しげに唇を噛みしめた。彼も、玄瑞と同じ路線を歩いてきたひとりだった。

「早う行かぬか！」じっと突っ立っている杉蔵を叱りつけるように玄瑞はいった。

「しかし……」

「早う行けェ！」

「……御免」

身をひるがえした杉蔵は潜り戸から外へ出た。その途端、待ち構えていた彦根兵の槍が彼の顔面をとらえた。その槍を力まかせに引き抜いた杉蔵は、血の飛び散る右目を抑えながら二人のところへ引き返してきた。

「大丈夫か？」

指揮をとっていた寺島があわてて駆け寄ってきた。

「もはやこれまでじゃのう」飛び出た眼球を掌で受けながら杉蔵は健気に笑ってみせた。

和作、母上を、妹をたのむぞ――口のなかでつぶやいた彼の目には、炎の色がおぼろげに映っていた。鷹司邸が燃えはじめたのだった。火の音は急激に大きくなり、やがて嵐のように唸りはじめた……

こうして、〈蛤門の変〉ともよばれる元治甲子《かっし》の戦は、長州の惨敗によって終わった。

鷹司邸と長州屋敷に放たれた火がもとで、火の手は強い北風にあおられて南へ南へと京の町々を甜めつくした。三日間にもわたって、市街の大半を焼きつくすという大火であった。八百余町、二万七千五百世帯がこの戦火に焼け出され、東西は寺町堀川間、南北は丸太町から八条の間がことごとく焼野原と化した。そして、多くの町人たちは、家ばかりではなく、命すら奪われたのである。

長州兵が攻め入った翌日、東の風にあおられた火は、その紅蓮の炎を堀川の西にまで伸ばしそうな勢いだった。六角牢にも火が移るかもしれぬと思われたころ、獄に囚われていた平野国臣たちが斬られた。

天王山に拠った真木和泉たちが自害して果てたのは、さらに翌日のことである。

こうして、過激派と目された連中は、無数の、罪もない京の町人たちを恐怖にさらし、手ひどい犠牲を負わせて、炎のなかに、また炎熱の太陽に灼かれて自らの身を滅ぼしていった。焼け跡には、まもなく幾百ともしれぬ莚囲いの掘立小屋が建てられ、町人たちはぎらぎらこぼれてくる太陽に灼かれながら寺や商家の恵米に群がった。

道傍に、髪の乱れも忘れたように老婆がぽつねんと坐っていた。黒焦げになった死体が目の前に転がっている。終日その場所を動こうともせず、老婆はなにごとかぶつぶつとつぶやいていた。

「……せがれを奪うていったのは誰じゃ。嫁を死なせたのは誰じゃ。……戦など、誰が勝とうが負けようが、所詮同じことじゃわのう……」

老婆の嗚咽を混じえたつぶやきは、念仏のようにいつ果てるともなくつづくのだった。むろん、死んでしまった玄瑞や杉蔵たちに、この老婆の悲痛なつぶやきが聞こえるはずはなかったのだが……

10

座敷牢を出て早く自由になりたい――そう思う気持ちと同じほど、出ても仕方がないのではないかという想いがあった。いちばん逢いたい周布政之助は同じように閉じこめられているし、久坂玄瑞たちは、ほんとうに幕府を倒すという決心もなく京へ出ていってしまった。

「晋作」板囲いの外から、小忠太の震えを帯びた声が聞こえた。「佐久間象山が京で殺されたぞ。犯人は河上彦斎とかいう殺し屋じゃそうな。象山は幕府に、海防の建策をしておったそうじゃ……」

告げるだけ告げるとそそくさと立ち去っていた小忠太が、この日の朝は板囲いを隔てて鼻をすすっていた。

「毛利家もおしまいじゃぞ、晋作」やがて、力ない声でいった。「御所へ突入した来島たちは敗れた。長州はついに朝敵となってしまった……」

晋作は、久坂、入江、寺島たちが死んだことを知らされた。

彼はその日一日中、ぼんやりと天井を眺めていた。部屋の隅で、金筋の入った大きな蜘蛛《くも》が糸を張っていた。糸にかかった蝿が一匹、羽根をふるわせてもがいている。自分のようだな——と彼は思った。

寝転がっている晋作のところへ、雅は三度三度食事を運んできた。八カ月の大きな腹をした雅はしんどそうだったが、それでも晋作と顔を合わせられる食事の時間が余程うれしいらしく、こまごまと話しかけた。

「今日、お義母さまと、久坂さまのところへお線香を上げにいってきましたの。お文《ふみ》さまはしっかりご挨拶なさっていましたけれど、そばで見ているとかえって痛々しくって涙が出ましたわ。帰りに入江さまの妹のおすみさんを伊藤さまのお家へ見舞ってきました。畳やらなにやらすっかりきれいになって、おすみさんの話では、殿様から拝領した十両だかのお金を、伊藤さまがそっくり送ってこられたのだそうです」

雅の話を聞いていると、玄瑞や杉蔵の死がはじめて実感として迫ってくるように思えた。やつらもついに仏になってしまったのか――玄瑞たちと一緒に動きまわった江戸や京の記憶がなんの脈絡もなく晋作の脳裡によみがえり、かれらの姿とともにかれらの声までが聞こえてくるような気がした。かれらの姿かたちが晋作のなかで大きくふくれていくにつれて、だが、わしはああいう死に方はせぬぞ――自分にいいきかせるように彼はつぶやいた。

大至急、山口へ出仕せよ――との藩命が伝えられたのは、八月の三日だった。

晋作はにやりと笑って、

「また、損な役がまわってきましたよ」と父の小忠太に告げた。

「毛利家が滅ぶかどうかという瀬戸際に、損も得もあるか。早う行け、殿がお待ちじゃぞ」

小忠太は喜びをかくしきれない顔のまま晋作に小言をいった。損な役――という言葉のなかに、晋作はほかの者にはできない仕事だという意味を込めたつもりだったが、小忠太にはその冗談が通じなかったのである。

山口へ出るには出たが、ただ出て来いというだけで、藩にはどうするという方針もなかった。

「困った、困った……」と、重臣たちは右往左往しているばかりである。

「困った、などとは男子のいうことではないわ！」

吐き捨てるようにいって席を立った晋作は旅籠〈万代屋〉に伊藤俊輔を訪ね、駕籠を雇って馬関へ向かった。五日の午後のことである。

小郡から山の中へ四里ばかり走ったころ、具足をつけた白鉢巻の武士が早駕籠に揺られてきた。

「戦がはじまったぞ！」

いい捨てて早駕籠は去った。

「まだ船木か。おい、駕籠屋、もっと急げぬか。日が暮れてしまうぞ」

「へい」

ほいさ、ほいさ……、とかけ声だけは威勢よくなったが、足のほうはそう早くなったとも思えなかった。

「高杉さん」うしろの駕籠から首を出していた俊輔が頓狂な声を立てた。「あの馬、聞多のようですぞ」

土煙をまきあげて、前方から駈けてくる一騎があった。馬関へ向かう藩兵の一団がすごい土煙のなかへ吸われるように消えると、馬はもうそこまで来ていた。

馬上の男はまったくの別人だったが、土煙のなかから早駕籠がひとつ走り出てきて、断髪の男が乗っていた。それが志道、いや井上聞多だった。聞多は、養子に入っていた志道家二百二十石の籍を離れ、山口の地侍である元の姓に戻っていたのである。

「聞多、どこへ行く」駕籠を降りて、晋作は手を上げた。

「どうもこうもない。馬関は大変じゃぞ」井上聞多は、晋作をみとめるとあわてて駕籠を降りた。「とうとう開戦じゃァ……」

三人は駕籠を待たせて有帆川の堤へ駈けのぼり、夕風に吹かれて腰を降ろした。真紅の彼岸花と黄色い月見草が初秋の夕光のなかで咲きそっていた。

晋作は井上聞多の話に聞き入った――

英、仏、米、蘭の四カ国連合艦隊が、九州国東《くにさき》半島の姫島沖に入ったのは、八月二日から三日の夜明けにかけてである。軍艦十六艘、商船一艘のうち、九艘の軍艦がイギリスのもので、大砲が二百八十八門、兵員は約五千人だった。四日の朝には対岸田之浦に到着し、長州の主力奇兵隊が守る前田、壇之浦両砲台の動きを見守った。

下関の氏神である亀山八幡宮の五穀祭で賑わったまちは、前日までとは打って変わって静かだった。家々は表戸を降ろし、町人の姿はほとんど見当たらなかった。

その日馬関応接使を命ぜられた井上聞多は、藩の重臣前田孫右衛門を同道して、翌五日の午すぎ、旗艦ユーリアラス号へ乗り込んでいった。

旗艦には通訳のアーネスト・サトウが乗っていた。

「この通りだ」と聞多は、攘夷期限などを書いた朝廷、幕府からの命令書三通を示した。「昨年の外艦砲撃はすべて幕府の命令にもとづいているものだ。ここに、海峡の通行さしつかえぬ旨をしたためたわが藩主の直書を持参したゆえ、ぜひ談判を行ないたい」

「ムリダトオモウガ、イチオウ、くーぱーテイトクニ、ツタエテヤロウ」

ぎこちない日本語で答えて、サトウはふたりを案内した。

グラスを傾けていたクーパー提督は聞多の持参した文書を睨みつけるように見てから、英語でふたことみことサトウにいった。艦上では兵隊たちの走りまわる足音があわただしくなり、機関が震え出した。

「ゴランノ、トウリ、デス」顔を甲板のほうに向けたサトウは、両手を広げる大袈裟な身振りをして、丁寧に折り畳んだ文書を返した。「スデニ、セントウハイチニ、ツクヨウニ、シレイガ、ダサレタ、アトデス。ヘイワニ、カイケツスルジキハ、スデニスギタ――くーぱーテイトクハ、ソウイッテイル」

「こちらが和平を望んでいるのに、どうしても戦をするというのか！」

「みすたー・イノウエ、ワタシヲセメナイデ、ホシイ。キミノキモチハ、ワカル、ケレドモ、テイトクハモウ、キメテシマッタ。ドウカ、ブジヲイノッテイル……」そういって悲しげに顔を歪め、サトウは聞多の手を握りしめた。

ひと月前ならば可能だった。あのとき、藩が和議の方向を決めていさえすれば、こんなことにはならなかったのだ――聞多はむらむらと腹が立ってくるのを覚えたが、いまさら愚痴をこぼしてみたところでどうなるものでもなかった。

ふたりが旗艦を離れると、まもなく、船団はゆっくりと北上を開始した。

ユーリアラス号から第一弾が発砲されたのは、ふたりが上陸した直後だった。振り返ると、黒船は前田砲台の沖合に二列横隊に並び、しきりに白煙を吐いていた。

海峡は、みるみるうちに白い砲煙のなかに包み込まれてしまった。

前田砲台には、総管赤根武人の指揮する奇兵隊が陣取り、二十門の青銅砲で迎え撃っていた。壇之浦砲台は、軍監山県狂介に率いられた奇兵隊士が守っていた。合わせて三百人の陣容だった。選鋒隊、諸隊、長府藩兵など二千人が海岸線の砲台を固めていたのだ。

「撃てェ!」赤根武人は必死に叫び立てた。しかし、悲しいかな、艦隊は着弾距離の外に横隊を作っていた。長州側の撃つ弾丸は、艦隊のはるか手前の海中に水柱を立てるばかりだった。一方、頭のうえを唸り飛んでいた敵弾は、やがて砲台のど真ん中に落ち出した。

昼八ツ刻にはじまった砲撃は夕方の七ツ半刻まで続き、やがて艦隊は上陸を開始した。聞多は戦闘の途中に下関を発ち、早駕籠を走らせてきたのである。

「どうじゃ、高杉。こうなったらとことんやらせるしかあるまい。とことんやれば、自分の力を思い知るというものじゃ」聞多はこのひと月あまりのいきさつを腹にすえかねたようにいった。「いま士気を沮喪しては幕府と闘えぬぞ」

「……よかろう。御前会議ではあくまで主戦論でいく!」

晋作は断を下すようにいって立ち上がった。

駕籠は来た道を山口のほうへ戻りはじめた。時折背後からは、遠雷を思わせる大砲の音が聞こえてきた。

尊王攘夷から尊王倒幕へ——長州藩全体を変えることができるだろうか。いや、なんとしても変えねばならぬのだ、と晋作は思った。変えねば、自分の立っている場所を確保することすらできないのである……

晋作は目を瞑って駕籠に揺られていた。夕映えの赤さなのか、長府のまちが燃えあがっているせいなのか、まぶたの裏には朱色の玉が無数に踊っていた。

〔上巻・了〕

吉村　康（よしむら　やすし）
　１９３９年生まれ。大阪市立大学経済学部卒。著書に『心眼の人　山本覚馬』のほか『蜷川虎三の生涯』『定本少年の戦争』『冬の歌碑　松倉米吉の生涯』『春来峠　小説前田純孝』『天の橋立青春伝』『新島八重の生涯』『闇に虹をかけた生涯　山本覚馬伝』など。

高《たか》杉《すぎ》晋《しん》作《さく》〔上〕

二〇一四年六月四日　第一版発行

著　者　吉村　康
発行者　比留川洋
発行所　本の泉社
〒１１３・００３３
東京都文京区本郷二・二五・六
Tel ０３（５８００）８４９４
FAX ０３（５８００）５３５３
印　刷　音羽印刷株式会社
製　本　（株）難波製本

ISBN978-4-7807-1161-5 C0093 Printed in Japan